오디세이아 I
The Odyssey

004 · 1/4

fly over an apartment with silver wings

오디세이아 I

The Odyssey

호메로스 지음
제미나이 · S 편역

복두(더)

서문

버틀러의 ≪오디세이아≫ 번역본은 원래 1900년에, ≪오디세이아의 여성 저자≫는 1897년에 출판되었다. 이 번역본의 새 판과 동시에 출판되는 ≪여성 저자≫의 새 판 서문에서 저는 두 책의 탄생 배경에 대해 일부 설명했다.

원래의 페이지 크기는 버틀러의 다른 작품들과 통일되도록 줄였고, 다행히도 더 작은 활자체를 사용하여 각 페이지에 같은 수의 단어를 넣을 수 있었다. 따라서 참조는 그대로 유지되었으며, 몇 가지 작은 변경 사항과 재배열을 제외하고는 새 판들은 초판의 충실한 재인쇄본이다. 오타와 명백한 오류들만 수정되었고, 편집하거나 최신화하려는 시도는 없었다.

(a) 색인이 수정되었다.

(b) 페이지 크기 축소 때문에 일부 머리말을 줄여야 했으며, 이때 버틀러가 그의 개인 소장본에 직접 수정하고 추가했던 머리말과 옆 주석들을 활용했다.

(c) 삽화는 대부분 한 페이지를 차지하게 되었는데, 원래 판에서는 보통 한 페이지에 두 개씩 실렸다.

오디세우스의 집 평면도는 축소해야 했다.

≪여성 저자≫ 153페이지에서 버틀러는 이렇게 말한다. "어떤 위대한 시인도 그의 영웅을 불 앞에서 요리되는 피와 지방으로 가득 찬 창자에 비유하지 않을 것이다 (20권 24~28행)." 이 구절은 책 앞부분의 요약된 ≪오디세이아≫ 이야기에는 나오지 않지만, 번역본에는 다음과 같은 문구로 등장한다.

"이렇게 그는 자신의 마음을 꾸짖고 인내하도록 억제했지만, 뜨거운 불 앞에서 피와 지방으로 가득 찬 창자를 이쪽저쪽으로 뒤집어 가며 가능한 한 빨리 익히려는 사람처럼 몸부림쳤습니다. 그처럼 그는 몸을 이리저리 뒤척이며 혼자서 그 많은 악당인 구혼자들을 어떻게 죽일지 생각하고 있었습니다."

≪여성 저자≫(1897년)와 번역본(1900년) 출판 사이에 버틀러가 마음을 바꾼 것처럼 보인다. 왜냐하면 첫 번째 경우에는 오디세우스를 창자 그 자체에 비유했지만, 두 번째 경우에서는 오디세우스를 창자를 요리하는 사람에 비유했기 때문이다. 두 번째 비유는 아마도 위대한 시인이 할 만한 비유일 것이다.

이 작품들의 인쇄를 책임지는 동안 나는 케임브리지

대학교 도서관의 A. T. 바르톨로뮤 씨와 케임브리지 트리니티 칼리지의 도널드 S. 로버트슨 씨의 귀중한 도움을 받았다. 이 두 친구의 보살핌과 기술에 진심으로 감사드린다. 로버트슨 씨는 ≪일리아스≫와 ≪오디세이아≫의 모든 인용문과 참조를 확인하고 수정하는 수고를 아끼지 않았으며, 그보다 더 잘 해낼 수는 없었을 것이라 믿는다. 나는 그에게 그것이 즐거움이었음을 안다. 그리고 R. 헨리 로버트슨 씨의 아들인 그가 반세기 전에 스트리덤 거리(Streatham Street)의 캐리 미술 학교(Cary's School of Art)에서 버틀러와 함께 공부했던 옛 친구였다는 것을 버틀러가 알았다면, 그의 작품이 그렇게 잘 관리되는 것을 기뻐했을 것이다.

헨리 페스팅 존스. 120 MAIDA VALE, W.9.
1921년 12월 4일

차례

1 오디세우스의 고난과 아테나의 격려 | 9

2 텔레마코스, 회의를 소집하고 항해를 준비하다 | 43

3 필로스에서 네스토르를 만나다 | 79

4 스파르타의 메넬라우스 궁전: 트로이 영웅들의 비극 | 119

5 칼립소 섬을 떠나 폭풍우를 만나다 | 187

1

오디세우스의 고난과 아테나의 격려

오디세우스가 요정 칼립소(Calypso) 섬에 갇혀 있는 동안 신들은 제우스(Jove)의 명령으로 아테나(Minerva)와 헤르메스(Mercury)를 보내 그를 구출하려 한다. 헤르메스는 칼립소에게 가서 오디세우스를 풀어주라고 명령한다. 아테나는 오디세우스의 아들 텔레마코스(Telemachus)에게 변장한 모습으로 나타나 아버지를 찾아 나서라고 격려한다.

뮤즈여, 유명한 트로이 도시를 약탈한 후 멀리 넓게 여행했던 그, 독창적인 영웅에 대해 저에게 노래해주세요. 그는 많은 도시들을 방문했고, 그들의 풍습과 관습을 알게 된 민족들도 많았습니다. 게다가 그는 자신의 목숨을 구하고 부하들을 안전하게 집으로 데려오려 애쓰는 동안 바다에서 많은 고통을 겪었죠. 그러나 그가 뭘 하든 부하들을 구할 수는 없었어요. 그들은 태양신 히페리온(Hyperion)의 소들을 먹는 스불재, 즉 스스로 불러온 순전한 어리석음 때문에 멸망했기 때문입니다. 그래서 그 신은 그들이 결코 집으로 돌아가지 못하게 막았습니다. 또한 제우스의 딸이여, 당신이 어디서든 알게 된 이 모든 것에 대해 저에게 말해주십시오.

이제 전투나 난파선에서 죽음을 피했던 모든
이들은 오디세우스를 제외하고는 안전하게 집에
돌아와 있었다. 그리고 오디세우스는 아내와
가족이 있는 고향으로 돌아가기를 간절히
바랐지만, 여신 칼립소에게 붙잡혀 있었다. 그녀는
그를 거대한 동굴에 데려가 결혼하고 싶어 했다.
그러나 여러 해가 지나면서 신들이 그가 이타카로
돌아가도록 정한 때가 왔다. 하지만 그때조차도
그가 자신의 백성들 사이에 있을 때에도 그의
문제들은 아직 끝나지 않았다. 그럼에도 불구하고
그를 끊임없이 박해하고 그가 집에 가지 못하게
했던 포세이돈(Neptune, 포세이돈)를 제외하고는
모든 신들이 그를 가엾게 여기기 시작했다.

 이제 포세이돈는 세상의 끝에 있는
에티오피아인들에게로 떠났다. 그들은 둘로

나뉘어 한쪽은 서쪽을, 다른 한쪽은 동쪽을 바라보고 있었다. 그는 그곳에 양과 소들의 헤카톰(hecatomb)을 받기 위해 갔고, 그의 축제에서 즐거운 시간을 보내고 있었다. 그러나 다른 신들은 올림푸스 제우스의 집에서 만났고, 신들과 인간들의 아버지가 먼저 말했다. 그 순간 그는 아가멤논의 아들 오레스테스에게 살해당했던 아이기스투스를 생각하고 있었다.

그래서 그는 다른 신들에게 말했다.

"자, 보시오. 필멸의 인간들이 결국 그들 자신의 어리석음일 뿐인 것에 대해 우리 신들에게 얼마나 헛되이 비난을 퍼붓는지를! 아이기스투스를 보시오. 그는 아가멤논의 아내와 불의한 사랑을 했고, 그런 다음 아가멤논을 죽였소. 비록 그가 그것이 그의 죽음이 될 것을 알았을지라도 말입니다. 왜냐하면 저는 헤르메스를 보내 그에게 이 두 가지 일 중 어느 것도 하지 말라고 경고했기 때문입니다. 오레스테스가 성인이 되어 집으로 돌아가고 싶어 할 때 반드시 복수할 것이라는 이유로 말입니다. 헤르메스는 그에게 선의로 이것을 말했지만, 그는 듣지 않았고, 이제 그는 모든 것에 대한 대가를 온전히 지불했습니다."

그러자 아테나가 말했다. "아버지 사투르누스의 아들이시며 왕들의 왕이시여, 아이기스투스는 마땅한 죽음을 당했고, 그가 한 짓을 하는 다른 어떤 사람도 마찬가지일 것입니다. 하지만 아이기스투스는 여기 있거나 저기 있는 것이 아닙니다. 저의 심장은 현명한 오디세우스, 그 불행한 자 때문에 찢어집니다. 그는 외딴 바다로 둘러싸인 섬에서, 불쌍한 사람, 모든 친구들로부터 멀리 떨어져 고통을 겪고 있습니다. 그곳은 바다 한가운데에 있는 숲으로 뒤덮인 섬이고, 마법사 아틀라스의 딸인 한 여신이 살고 있습니다. 아틀라스는 바다의 바닥을 돌보고, 하늘과 땅을 분리하는 거대한 기둥들을 들고 있습니다. 아틀라스의 이 딸이 불쌍하고 불행한 오디세우스를 붙잡아 두고 온갖 아첨으로 그가 고향을 잊게 하려 애쓰고 있습니다. 그래서 그는 삶에 지쳤고, 자신의 굴뚝에서 나는 연기라도 다시 한 번 보는 것 외에는 아무것도 생각하지 않고 있습니다. 당신은 이것에 주의를 기울이지 않습니다. 그러나 오디세우스가 트로이 앞에 있었을 때 그가 많은 번제 희생 제물로 당신을 달래지 않았습니까? 그렇다면 왜 당신은 계속 그에게 그렇게 화를 내고 있어야 합니까?"

그러자 제우스가 말했다. "내 아이야, 무슨 말을 하고 있는가? 제가 어떻게 오디세우스를 잊을 수 있겠는가? 그만큼 지상에 유능한 사람은 없고, 하늘에 사는 불멸의 신들에게 제물을 바치는 데 그보다 더 너그러운 사람도 없네. 그러나 포세이돈가 아직 키클롭스 왕 폴리페무스(Polyphemus)의 눈 하나를 멀게 한 오디세우스에게 격렬하게 화를 내고 있다는 것을 명심하라. 폴리페무스는 바다 왕 포르퀴스(Phorcys)의 딸인 님프 토오사(Thoosa)의 아들이다. 그러므로 그는 오디세우스를 완전히 죽이지는 않겠지만, 그가 집에 가는 것을 막아 그를 괴롭히고 있다. 그래도 우리 머리를 맞대고 그가 돌아가는 것을 어떻게 도울 수 있을지 보자. 그러면 포세이돈의 마음은 달래질 것이다. 왜냐하면 우리 모두가 한마음이라면 그가 우리에게 맞서기 어렵기 때문이다."

그리고 아테나가 말했다. "아버지 사투르누스의 아들이시며 왕들의 왕이시여, 만약 신들이 이제 오디세우스가 집에 돌아가기를 원하신다면, 우리는 먼저 헤르메스를 오기기아 섬으로 보내 칼립소에게 우리의 마음을 정했고 그가 돌아가야 한다고 말해야 합니다. 그동안 저는 이타카로 가서 오디세우스의 아들 텔레마코스에게 용기를 불어넣겠습니다. 저는 그를 대담하게 만들어 아카이아인들을 회의에 소집하고, 그의 어머니 페넬로페의 구혼자들에게 공개적으로 말하게 하겠습니다. 그들은 그의 수많은 양과 소들을 계속해서 먹어치우고 있으니까요. 저는 또한 그를 스파르타와 필로스로 데려가 그의 사랑하는 아버지의 귀환에 대해 어떤 것이든 들을 수 있는지 알아볼 것입니다. 왜냐하면 이것이 사람들이 그에 대해 좋게 말하게 할 것이기 때문입니다."

그렇게 말하며 그녀는 반짝이는 황금 샌들을 신었다. 그것은 썩지 않는 것으로 육지나 바다 위를 바람처럼 날 수 있게 해주었다. 그녀는 무서운 청동 덧댄 창을 움켜쥐었다. 그것은 그토록 튼튼하고 견고하며 강해서 그녀가 불쾌하게 여긴 영웅들의 줄들을 진압할 수 있는 무기이다. 그리고 그녀는 올림푸스의 가장 높은 정상들로부터 내려왔다. 그녀는 즉시 이타카에 도착했고, 오디세우스 집의 대문에서 방문객인 타피아인(Taphians)의 족장 멘테스(Mentes)로 변장한 채 손에 청동 창을 들고 있었다. 그곳에서 그녀는 그들이 죽여서 먹었던 소들의 가죽 위에 앉아 집 앞에서 장기(draughts)를 두고 있는 위풍당당한 구혼자들을 발견했다. 하인들과 시종들이 그들을 시중들기 위해 바쁘게 움직이고 있었는데, 어떤 이들은 와인 섞는 그릇에 와인과 물을 섞고, 어떤 이들은 젖은 스폰지로 식탁들을 닦고 다시 차리고 있었으며, 어떤 이들은 많은 양의 고기를 자르고 있었다.

텔레마코스는 다른 어떤 사람보다 먼저 그녀를 보았다. 그는 구혼자들 한가운데서 침울하게 앉아 그의 용맹한 아버지를 생각하고 있었고, 만약 그가 다시 돌아와 예전처럼 존경받게 된다면 그들을 어떻게 집 밖으로 날려버릴지 생각하고 있었다. 그렇게 그들 한가운데서 골똘히 생각하며 앉아 있다가, 그는 아테나를 발견하고 곧바로 대문으로 갔다. 그는 한 이방인이 들어오기 위해 기다리게 되는 것을 불편해했기 때문이다. 그는 자신의 오른손으로 그녀의 오른손을 잡고 그녀에게 창을 달라고 말했다. "우리 집에 오신 것을 환영합니다," 그가 말했다. 그리고 "음식을 드신 후에 당신이 무엇 때문에 오셨는지 말씀해주십시오."

그가 말하며 길을 이끌었고 아테나가 그를 따랐다. 그들이 안으로 들어가자, 그는 그녀의 창을 가져와 그의 불행한 아버지의 다른 많은 창들과 함께 튼튼한 기둥 옆의 창 거치대에 세워두었고, 그는 그녀를 아름답게 장식된 의자로 안내했다. 그 아래에 그는 다마스크 천을 던져주었다. 그녀의 발을 위한 발판도 있었고, 그는 그녀를 방해하지 않고 그의 아버지에 대해 더 자유롭게 물을 수 있도록 구혼자들로부터 떨어진 곳에 그 자신을 위한 다른 자리를 마련했다.

그런 다음 한 하녀가 아름다운 황금 물 주전자에

물을 가져와 그들이 손을 씻도록 은 대야에
부어주었고, 그녀는 그들 옆에 깨끗한 식탁을 당겨
놓았다. 상급 하인은 빵을 가져왔고, 그 집에 있는
좋은 것들 중 많은 것을 그들에게 제공했으며, 고기
써는 사람은 온갖 종류의 고기 접시들을 가져와
그들 옆에 황금 잔들을 놓았고, 한 하인이 그들에게
와인을 가져와 부어주었다.

  그런 다음 구혼자들이 들어와 벤치와 자리에
앉았다. 곧 하인들이 그들의 손 위로 물을
부어주었고, 하녀들은 빵 바구니를 들고
돌아다녔으며, 시종들은 와인 섞는 그릇에 와인과
물을 채웠다. 그리고 그들은 그들 앞에 있는 좋은
것들에 손을 얹었다. 그들이 먹고 마시는 것에
충분히 배가 부르자, 그들은 음악과 춤을 원했는데,
이것은 연회의 최고의 장식이다. 그래서 한 하인이

그들이 노래하도록 강요했던 페미우스에게 리라를 가져다주었다. 그가 그의 리라를 만지고 노래하기 시작하자마자 텔레마코스는 아테나에게 그의 머리를 그녀의 머리에 가까이 대고 아무도 듣지 못하게 낮게 말했다.

"경, 저는 바랍니다." 그가 말했다. "제가 하려는 말에 기분 상하지 않기를 바랍니다. 노래는 그것을 지불하지 않는 사람들에게는 저렴하게 들리고, 이 모든 것은 뼈가 어떤 황무지에서 썩어가거나 파도 속에서 가루가 되어 부서지고 있는 한 사람의 비용으로 행해지고 있습니다. 만약 이 사람들이 저의 아버지가 이타카로 돌아오는 것을 보게 된다면, 그들은 돈지갑보다 더 긴 다리를 위해 기도할 것입니다. 왜냐하면 돈은 그들에게 소용이 없을 것이기 때문입니다. 그러나 그는 아아, 불운한 운명에 떨어졌고, 사람들이 때때로 그가 온다고 말할 때에도 우리는 더 이상 그들의 말에 귀 기울이지 않습니다. 우리는 그를 다시는 결코 볼 수 없을 것입니다. 그리고 이제, 경, 저에게 말해주시고 진실을 말해주십시오. 당신은 누구이고 어디서 오셨습니까? 당신의 도시와 부모님에 대해, 어떤 종류의 배를 타고 오셨는지, 당신의 선원들이 당신을 이타카로 어떻게 데려왔는지, 그리고 그들이 어떤 민족이라고 자신들을 선언했는지 말해주십시오. 당신은 육로로 오지 않았을 테니 말입니다. 또한 진실을 말해주십시오. 왜냐하면 저는 알고 싶으니까요. 당신은 이 집에 낯선 사람입니까, 아니면 저의 아버지 시대에 여기에 계셨었습니까? 옛날에는 저의 아버지가 직접 많이 돌아다니셨기 때문에 저희는 많은 방문객들을 가졌습니다."

그러자 아테나가 대답했다. "제가 모든 것에 대해 진실되고 자세하게 말해주겠습니다. 저는 안키알루스(Anchialus)의 아들 멘테스이고, 타피아인들의 왕입니다. 저는 철을 싣고 테메사(Temesa)에 갈 목적으로 다른 언어를 쓰는 사람들에게로 항해하며 저의 배와 선원들과 함께 여기에 왔습니다. 저는 구리를 가져갈 것입니다. 저의 배는 저기 저 도시에서 떨어진 탁 트인 평원 옆에, 숲이 우거진 네리툼(Neritum) 산 아래에 있는 레이트론(Rheithron) 항구에 정박해 있습니다. 우리의 아버지들은 우리 이전에 친구들이었습니다. 만약 당신이 가서 늙은 라에르테스(Laertes)에게 물어보신다면 그가 당신에게 말해줄 것입니다. 그러나 그들은 그가 이제 결코 도시로 오지 않고 시골에서 혼자 살고 있다고 말합니다. 그가 그의 포도밭을 여기저기 돌아다니느라 지쳐 돌아올 때 그를 돌보고 저녁 식사를 차려주는 늙은 여인과 함께 말입니다. 그들은 저에게 당신의 아버지가 다시 집에 돌아왔다고 말했고, 그것이 제가 온 이유입니다. 그러나 신들이 여전히 그를 붙잡아두고 있는 것 같습니다. 그는 아직 죽지 않았고, 본토에 있는 것이 아닙니다. 그는 바다 한가운데에 있는 어떤 바다로 둘러싸인 섬에 있거나, 그의 의지에 반하여 그를 붙잡아두고 있는 야만인들 사이의 포로일 가능성이 더 높습니다. 저는 예언자가 아니고, 징조에 대해 거의 알지 못합니다. 그러나 하늘로부터 제게 전달되는 대로 말하건대, 그가 그리 오래 떨어져 있지 않을 것이라고 저는 당신에게 확신합니다. 왜냐하면 그는 그런 재치를 가진 사람이어서 심지어 그가 철 사슬에 묶여 있을지라도 다시 집에 돌아갈 어떤 수단을 찾을 것이기 때문입니다. 하지만 저에게 말해주시고 진실을 말해주십시오. 오디세우스가 정말 당신처럼 그렇게 잘생긴 아들을 가질 수 있습니까? 당신은 정말 머리와 눈 주변이 그와 놀랍도록 닮았습니다. 왜냐하면 모든 아르고스인들의 꽃이 갔던 트로이로 그가 배를 타고 가기 전에 우리는 가까운 친구였기 때문입니다. 그때 이후로 우리는 서로를 본 적이 없습니다."

텔레마코스가 대답했다. "저에게 제가 오디세우스의 아들이라고 말합니다. 그러나 자신의 아버지를 아는 아이는 현명한 아이입니다. 제가 자신의 재산 위에서 늙어갔던 사람의 아들이었더라면 좋았을 것입니다. 왜냐하면 당신이 저에게 물었으니, 그들이 저의 아버지라고 저에게 말하는 그 사람만큼 하늘 아래 불운한 사람은 없기 때문입니다."

그러자 아테나가 말했다. "페넬로페가 당신처럼 그렇게 훌륭한 아들을 가졌으니 당신의 종족이 아직 죽어 사라질 걱정은 없습니다. 하지만 저에게 말해주시고 진실을 말해주십시오. 이 모든 잔치는 무엇을 의미하고 이 사람들은 누구입니까? 이 모든 것이 무엇에 관한 것입니까? 당신은 어떤 잔치를 열고 있거나 가족 중에 결혼식이 있습니까? 아무도 자신의 식량을 가져오는 것 같지 않으니 말입니다. 그리고 손님들은 얼마나—킹받네, 지독하게 행동하고 있는지. 온 집안에 어떤 소동을 일으키고 있는지. 그것은 그들 근처에 오는 어떤 존경할 만한 사람에게도 혐오감을 줄 만합니다."

"경," 텔레마코스가 말했다. "당신의 질문에 대해 말씀드리자면, 저의 아버지가 여기에 있었던 동안에는 저희와 집이 잘 지냈습니다. 그러나 신들은 그들의 불만 속에서 그것을 다르게 원했고, 필멸의 인간이 이제껏 숨겨졌던 것보다 그를 더 가깝게 숨겨두었습니다. 그가 트로이 앞에서 그의 부하들과 함께 쓰러졌거나 그의 싸움의 날들이 끝났을 때 친구들 주위에서 죽었더라도 저는 그것을 더 잘 견딜 수 있었을 것입니다. 왜냐하면 그때 아카이아인들이 그의 재 위에 언덕을 쌓았을 것이고, 저 자신도 그의 명성을 상속받았을 것이기 때문입니다. 그러나 이제 폭풍우들이 그를 우리가 어디로 갔는지 모르는 곳으로 날려버렸습니다. 그는 흔적조차 남기지 않고 떠났고, 저는 절망

외에는 아무것도 상속받지 못했습니다. 저의 아버지의 상실에 대한 슬픔으로 이 문제가 단순히 끝나지 않습니다. 하늘은 저에게 또 다른 종류의 슬픔들을 내렸습니다. 왜냐하면 듈리키움(Dulichium), 사메(Same) 그리고 숲이 우거진 자퀸투스(Zacynthus)의 모든 섬들에서 온 족장들뿐만 아니라 이타카 자체의 모든 주요한 사람들이 저의 어머니 페넬로페에게 구애한다는 구실로 저의 집을 먹어치우고 있기 때문입니다. 그녀는 결혼하지 않겠다고 단도직입적으로 말하지도 않고, 그렇다고 일을 끝내지도 않습니다. 그래서 그들은 저의 재산을 황폐하게 만들고 있고, 오래지 않아 저 자신도 이생망, 즉 이번 생은 망했다는 기분을 느끼게 될 것입니다."

"그렇습니까?" 아테나가 외쳤다. "그렇다면

당신은 정말 오디세우스가 다시 집에 돌아오기를 원합니다. 그에게 그의 투구, 방패 그리고 창 두 개를 주십시오. 그리고 만약 그가 제가 처음 우리 집에서 그를 알았을 때 술을 마시고 즐거운 시간을 보냈던 그 사람이었다면, 그가 다시 한번 그의 자신의 문지방에 서게 된다면 이 악당 같은 구혼자들을 곧 집 밖으로 날려버릴 것입니다. 그는 그때 에퓌라(Ephyra)에서 와서 멜메루스(Mermerus)의 아들 일루스(Ilus)에게 그의 화살들을 위한 독을 구걸하고 있었습니다. 일루스는 영원히 살아 있는 신들을 두려워하여 그에게 어떤 것도 주지 않았지만, 저의 아버지는 그에게 약간을 주었습니다. 그는 그를 매우 좋아했기 때문입니다. 만약 오디세우스가 그때의 그 사람이었다면, 이 구혼자들은 짧은 면죄부와 불행한 결혼식을 가질 것입니다. 그러나 그가 돌아와 자신의 집에서 복수를 할지 말지는 하늘이 결정할 일입니다. 그러나 저는 당신이 이 구혼자들을 즉시 없애려고 노력하는 것을 시작하도록 촉구합니다. 제 조언을 들으십시오. 내일 아침 아카이아인 영웅들을 회의에 소집하십시오. 그들 앞에서 당신의 상황을 밝히고 하늘을 불러 증인으로 삼으십시오. 구혼자들에게 각자 자신의 집으로 돌아가서 자신의 비용으로 번갈아 가며 잔치를 벌이라고 명령하십시오. 반면에 만약 당신이 한 사람에게 계속 빌붙어 사는 것을 고집한다면, 하느님께서 저를 도우시지만, 제우스가 당신에게 온전히 갚을 것이고 당신들이 저의 아버지의 집에서 쓰러질 때 당신들의 복수를 해줄 사람은 아무도 없을 것입니다. 당신은 더 이상

유아기를 주장하기에는 너무 늙었습니다.
사람들이 그의 아버지의 살인자 오레스테스를
죽인 아이기스투스를 칭찬하는 것을 들어보지
않았습니까? 당신은 훌륭하고 영리해 보이는
젊은이입니다. 그렇다면 당신의 기개를 보여주고
이야기 속에서 당신의 이름을 만드십시오. 하지만
이제, 저는 저의 배와 저의 선원들에게로 돌아가야
합니다. 만약 제가 그들을 더 오래 기다리게 한다면
그들은 참을성이 없을 것입니다. 스스로 이 문제를
곰곰이 생각해보시고 제가 당신에게 말한 것을
기억하십시오."

"경," 텔레마코스가 대답했다. "당신이 마치 제가
당신 자신의 아들인 것처럼 이렇게 저에게
말해주신 것은 매우 친절했습니다. 그리고 저는
당신이 저에게 말하는 모든 것을 할 것입니다. 저는

당신이 당신의 항해를 계속하고 싶어 한다는 것을 압니다. 그러나 잠시만 더 머물러 목욕하고 원기를 회복하십시오. 그러면 제가 당신에게 선물을 드리겠습니다. 그러면 당신은 기뻐하며 당신의 길을 갈 것입니다. 저는 당신에게 아주 아름답고 가치 있는 것을 드리겠습니다. 친한 친구들만이 서로에게 주는 그런 기념품을 말입니다."

아테나가 대답했다. "저를 붙잡으려고 하지 마십시오. 저는 즉시 저의 길을 가고 싶습니다. 당신이 저에게 주려는 어떤 선물에 대해서는, 제가 다시 올 때까지 그것을 간직하십시오. 그러면 저는 그것을 집으로 가져가겠습니다. 당신은 저에게 아주 좋은 선물을 줄 것이고, 저는 그에 못지않은 가치 있는 것으로 당신에게 보답할 것입니다."

이 말과 함께 그녀는 새처럼 공기 속으로

날아갔다. 그러나 그녀는 텔레마코스에게 용기를 주었고, 그를 그의 아버지에 대해 그 어느 때보다 더 많이 생각하게 만들었다. 그는 그 변화를 느끼고 그것에 놀랐으며, 그 이방인이 신이었다는 것을 알았다. 그래서 그는 구혼자들이 앉아 있는 곳으로 곧장 갔다.

페미우스는 여전히 노래하고 있었고, 그의 청중들은 그가 트로이로부터의 슬픈 귀환과 아테나가 아카이아인들에게 내린 불행에 대해 이야기하는 동안 침묵 속에 몰입해 앉아 있었다. 이카리우스(Icarius)의 딸 페넬로페가 2층 방에서 그의 노래를 들었고, 혼자 내려온 것이 아니라 두 명의 시녀들과 함께 큰 계단으로 내려왔다. 그녀가 구혼자들에게 이르자, 그녀는 회랑의 지붕을 지탱하는 기둥 중 하나 옆에 섰고, 양쪽에 품위 있는 시녀 한 명씩을 두었다. 게다가 그녀는 얼굴 앞에 베일을 들고 있었고 쓰라리게 울고 있었다.

"페미우스," 그녀가 외쳤다. "당신은 시인들이 찬양하기 좋아하는 신들과 영웅들의 다른 많은 위업들을 알고 있습니다. 구혼자들에게 이들 중 하나를 노래하게 하고 그들이 침묵 속에 그들의 와인을 마시게 하십시오. 그러나 이 슬픈 이야기를 멈추십시오. 왜냐하면 그것은 저의 슬픈 심장을 아프게 하고, 끊임없이 슬퍼하고 있는 그, 이름이 모든 헬라스와 중간 아르고스에서 위대했던 저의 잃어버린 남편을 저에게 상기시키기 때문입니다."

"어머니," 텔레마코스가 대답했다. "그 음유시인이 그가 마음 내키는 것을 노래하게 하십시오. 음유시인들은 그들이 노래하는 불행을 만들지 않습니다. 그것들을 만드는 것은 그들이

아니라 제우스입니다. 그리고 그는 그 자신의 좋은
뜻에 따라 인류에게 행복이나 비통함을 보냅니다.
이 사람이 불운한 다나오스인들의 귀환을
노래하는 것은 해롭지 않습니다. 사람들은 항상
최신 노래들에 가장 따뜻하게 박수를 보내기
때문입니다. 마음을 다잡고 그것을 견디십시오.
오디세우스만이 트로이에서 돌아오지 못한 유일한
남자가 아닙니다. 그와 마찬가지로 다른 많은
사람들이 쓰러졌습니다. 그러니 집 안으로
들어가서 당신의 일상적인 의무들, 당신의 베틀,
당신의 물레 그리고 당신의 하인들을 명령하는
일로 바쁘게 지내십시오. 왜냐하면 말은 남자의
일이고, 무엇보다도 저의 일이기 때문입니다.
왜냐하면 여기서 주인은 저이기 때문입니다."

 그녀는 놀라며 집 안으로 돌아갔고, 아들의 말을

그녀의 심장에 새겼다. 그런 다음 그녀는 그녀의 시녀들과 함께 위층으로 가서 그녀의 방으로 들어갔다. 그녀는 아테나가 그녀의 눈에 달콤한 잠을 뿌릴 때까지 그녀의 사랑하는 남편을 위해 애통해했다. 그러나 구혼자들은 덮인 회랑 전체에서 소란스럽게 굴었고, 각각 자신이 그녀의 침실 동반자가 되기를 기도했다.

그때 텔레마코스가 외쳤다. "수치심도 없고 오만한 구혼자들이여, 이제 우리 마음껏 잔치를 벌이게 하십시오. 그리고 싸움은 없게 하십시오. 왜냐하면 페미우스가 가진 것과 같은 그런 신성한 목소리를 가진 사람의 말을 듣는 것은 드문 일이기 때문입니다. 그러나 아침에 온전한 회의에서 저를 만나십시오. 제가 당신들에게 공식적인 통지를 하여 떠나게 하고, 각자 자신의 집에서 자신의 비용으로 번갈아가며 잔치를 벌이라고 말할 수 있도록 말입니다. 반면에 만약 당신들이 한 사람에게 빌붙어 사는 것을 고집한다면, 하늘이 저를 도우사 제우스가 당신들에게 온전히 갚을 것이고, 당신들이 저의 아버지의 집에서 쓰러질 때 당신들의 복수를 해줄 사람은 없을 것입니다."

구혼자들은 그의 말을 듣고 그들의 입술을 깨물었고, 그의 연설의 대담함에 놀랐다. 그런 다음 에우페이테스(Eupeithes)의 아들 안티노우스(Antinous)가 말했다. "신들이 당신에게 허세와 허풍을 가르친 것 같습니다. 제우스가 결코 당신이 당신의 아버지처럼 이타카의 족장이 되는 것을 허락하지 않기를 바랍니다."

"안티노우스," 텔레마코스가 대답했다. "저를

꾸짖지 마십시오. 그러나 신이 허락하신다면, 제가 할 수 있다면 저도 족장이 될 것입니다. 이것이 당신이 저에게 생각할 수 있는 가장 나쁜 운명입니까? 족장이 되는 것은 나쁜 일이 아닙니다. 그것은 재산과 명예를 모두 가져다주기 때문입니다. 그러나 이제 오디세우스가 죽었다면, 이타카에는 늙고 젊은 많은 위대한 사람들이 있고, 다른 어떤 사람이 그들 사이에서 주도권을 잡을 수도 있습니다. 그럼에도 불구하고 저는 자신의 집에서는 족장이 될 것이고, 오디세우스가 저를 위해 얻은 사람들을 다스릴 것입니다."

그러자 폴리부스(Polybus)의 아들 에우뤼마코스(Eurymachus)가 대답했다. "우리 중에서 누가 족장이 될지 결정하는 것은 하늘에 달려 있지만, 당신은 당신 자신의 집과 당신 자신의 소유물들에 대해서는 주인이 될 것입니다.
이타카에 남자가 있는 동안 어떤 사람도 당신에게
폭력을 행사하거나 당신을 약탈하지 않을
것입니다. 그리고 이제, 나의 좋은 친구여, 저는 이
이방인에 대해 알고 싶습니다. 그는 어떤 나라에서
왔습니까? 어떤 가족 출신이며 그의 재산은 어디에
있습니까? 그가 당신의 아버지의 귀환에 대한
소식을 가져왔습니까, 아니면 그는 그 자신의 사업
때문에 왔습니까? 그는 부유한 사람처럼 보였지만,
우리가 그를 알게 되기 전에 그가 한순간에 사라질
만큼 너무 갑자기 서둘러 떠났습니다."

"저의 아버지는 죽었고 사라졌습니다,"
텔레마코스가 대답했다. "그리고 비록 어떤 소문이
저에게 닿더라도 저는 이제 그것에 더 이상 믿음을
두지 않습니다. 저의 어머니는 가끔 점쟁이를 불러

그에게 질문하지만, 저는 그의 예언들에 주의를 기울이지 않습니다. 이방인에 대해 말하자면, 그는 타피아인들의 족장 안키알루스의 아들 멘테스였습니다. 저의 아버지의 옛 친구였습니다." 그러나 그의 마음속으로는 그가 여신이었다는 것을 알았다.

 그런 다음 구혼자들은 저녁까지 그들의 노래와 춤으로 돌아갔다. 그러나 밤이 그들의 즐거움 위에 떨어지자, 그들은 각자 자신의 거처로 가서 잠자리에 들었다. 텔레마코스의 방은 바깥마당을 내려다보는 탑 위에 높이 있었다. 그는 생각에 잠긴 채 그쪽으로 서둘러 갔다. 늙은 오프스의 아들 피세노르의 딸인 선량한 늙은 여인 에우뤼클레이아(Euryclea)가 두 개의 불타는 횃불을 가지고 그의 앞에서 갔다. 라에르테스는 그녀가 아주 어렸을 때 자신의 돈으로 그녀를 샀다. 그는 그녀를 위해 소 스무 마리의 가치를 지불했고, 그의 집안에서 자신의 결혼한 아내에게 했던 것만큼이나 그녀를 존중했지만, 그는 아내의 분노를 두려워했기 때문에 그녀를 그의 침실로 데려가지 않았다. 그녀가 바로 이제 텔레마코스를 그의 방으로 불을 밝혀 인도했고, 그녀는 그가 아기였을 때 그를 돌봤기 때문에 집안의 다른 어떤 여자들보다 그를 더 사랑했다. 그는 그의 침실의 문을 열고 침대 위에 앉았다. 그가 그의 셔츠를 벗었을 때 그는 그것을 선량한 늙은 여인에게 주었다. 그녀는 그것을 깔끔하게 접어주었고 그의 침대 옆의 못 위에 그를 위해 그것을 걸어두었다. 그 후 그녀는 밖으로 나가 은 걸쇠로 문을 당겨 닫고, 끈으로 빗장을 걸었다. 그러나 텔레마코스는 그가 양털 깔개로 덮여 있는 동안 밤새도록 그의 의도된 항해와 아테나가 그에게 주었던 조언에 대해 생각하고 있었다.

2

텔레마코스, 회의를 소집하고 항해를 준비하다

텔레마코스가 여행을 준비하고 멘토르로 변장한 아테나와 함께 필로스로 떠난다.

이제 아침의 아이, 장밋빛 손가락을 가진 새벽이 나타나자, 텔레마코스는 일어나 옷을 입었다. 그는 그의 단정한 발에 샌들을 묶고, 그의 어깨에 검을 찼으며, 불멸의 신처럼 보이는 모습으로 방을 나섰다. 그는 즉시 전령들을 주위로 보내 백성들을 회의에 소집하라고 명령했다. 그래서 그들은 그들을 불렀고, 백성들이 그곳에 모였다. 그런 다음 그들이 함께 모이자, 그는 창을 손에 든 채로 회의 장소로 갔다. 혼자가 아니었다. 그의 두 마리의 사냥개들이 그와 함께 갔다. 아테나는 그에게 그런 신성한 단정함의 존재를 부여하여, 그가 지나갈 때 모두가 그에게 감탄했고, 그가 그의 아버지의 자리에 그의 자리를 차지했을 때 심지어 가장 나이 많은 조언자들도 그에게 길을 양보했다.

고령이 되어 몸이 두 배로 굽었고 무한한 경험을 가진 아이기프티우스(Aegyptius)가 먼저 말했다. 그의 아들 안티푸스(Antiphus)는 오디세우스와 함께 고귀한 말들이 있는 땅 일리온(Ilius)으로 갔었지만, 그들이 모두 동굴에 갇혀 있을 때 그 야만적인 키클롭스에게 살해당했고, 그를 위해 그의 마지막 저녁 식사를 요리해 주었다.

아이기프티우스는 세 명의 아들들이 남아있었는데, 그들 중 두 명은 여전히 아버지의 땅에서 일하고 있었고, 세 번째 아들 에우리노무스(Eurynomus)는 구혼자들 중 한 명이었다. 그럼에도 불구하고 아이기프티우스는 안티푸스의 상실을 극복할 수 없었고, 그가 연설을 시작할 때 그는 아직도 아들을 위해 울고 있었다.

"이타카의 사람들이여," 그가 말했다. "나의 말을 들으시오. 오디세우스가 우리를 떠난 날부터 지금까지 우리 조언자들의 회의가 없었습니다. 그렇다면 누가 늙은 사람이든 젊은 사람이든, 우리를 소집하는 것이 그렇게 필요하다고 생각하는 것입니까? 그는 어떤 접근하는 군대의 소식을 들었고, 우리에게 경고하고 싶은 것입니까? 아니면 그는 어떤 다른 공공의 중요한 문제에 대해

말하고 싶은 것입니까? 저는 그가 훌륭한
사람이라고 확신하고 제우스가 그에게 그의
마음의 소망을 허락해주기를 바랍니다."

　텔레마코스는 이 연설을 좋은 징조로
받아들였고, 그가 말해야 할 것이 터져 나올 것
같았으므로 즉시 일어섰다. 그는 회의 한가운데
서 있었고, 선량한 전령 피세노르(Pisenor)가
그에게 그의 지팡이를 가져다주었다. 그런 다음
아이기프티우스에게 돌아서서, "경," 그가 말했다.
"곧 당신이 알게 되겠지만, 당신들을 소집한 것은
바로 저입니다. 왜냐하면 가장 큰 불만을 가진
사람이 바로 저이기 때문입니다. 저는 당신들에게
경고할 어떤 접근하는 군대의 소식을 듣지 못했고,
제가 말할 어떤 공공의 중요한 문제도 없습니다.
저의 불만은 순전히 개인적인 것이고, 저의 집에

닥친 두 가지 큰 불행에 달려 있습니다. 이들 중 첫 번째는 저의 훌륭한 아버지의 상실입니다. 그는 여기 있는 여러분 모두 중에서 족장이었고 여러분 각자에게 아버지와 같았습니다. 두 번째는 훨씬 더 심각한데, 오래지 않아 저의 재산의 완전한 파멸이 될 것입니다. 여러분 모두가 주요한 사람들의 아들들이 저의 어머니에게 그녀의 의지에 반하여 그들과 결혼하라고 괴롭히고 있습니다. 그들은 그녀의 아버지 이카리우스에게 가서 그가 가장 좋아하는 사람을 선택하고 그의 딸을 위한 결혼 선물을 제공해달라고 요청하는 것을 두려워합니다. 그러나 날마다 그들은 저의 아버지의 집 주위에 머물며 그들의 잔치들을 위해 우리의 소들, 양들 그리고 살찐 염소들을 희생시키고, 그들이 마시는 와인의 양에 대해서는 단 하나의 생각도 하지 않습니다. 아무리 많은 재산도 그런 무모함을 당해낼 수 없습니다. 우리는 이제 우리 문들로부터 해악을 막아줄 오디세우스가 없고, 저는 그들에게 맞서 저의 것을 지탱할 수 없습니다. 저는 결코 저의 모든 날들 동안 그가 그랬던 것만큼 좋은 사람이 되지 못할 것입니다. 그럼에도 불구하고 만약 제가 그렇게 할 힘을 가졌더라면 저는 저 자신을 방어했을 것입니다. 왜냐하면 저는 그런 대우를 더 이상 견딜 수 없기 때문입니다. 저의 집은 불명예를 당하고 파멸하고 있습니다. 그러므로 여러분, 자신의 양심과 여론을 존중하십시오. 또한 하늘의 분노를 두려워하십시오. 신들이 불쾌해져 당신들에게 돌아서지 않도록 말입니다. 저는 제우스와 테미스(Themis)를 두고 당신들에게 기도합니다.

그녀는 회의들의 시작이자 끝입니다. 저의 친구들이여, 저를 홀로 남겨두고 물러나지 마십시오. 만약 저의 용감한 아버지 오디세우스가 아카이아인들에게 어떤 잘못을 저질러서 당신들이 이제 이 구혼자들을 돕고 부추김으로써 저에게 복수하려는 것이 아니라면 말입니다. 더욱이 만약 제가 집과 재산을 다 빼앗겨야 한다면, 저는 차라리 당신들이 직접 빼앗기를 바랍니다. 왜냐하면 그때 저는 어떤 목적을 가지고 당신들에게 행동을 취할 수 있을 것이고, 제가 완전히 보상받을 때까지 집집마다 당신들에게 통지서를 전달할 것입니다. 반면에 지금은 저에게 어떤 해결책도 없습니다."

이 말과 함께 텔레마코스는 그의 지팡이를 땅에 내던지고 눈물을 터뜨렸다. 모두가 그를 매우 가엾게 여겼지만, 그들은 모두 조용히 앉아 있었고 오직 안티노우스만이 감히 그에게 화난 대답을 하였으니, 그는 이렇게 말했다.

"텔레마코스, 오만한 허풍선이인 너는 어떻게 감히 우리 구혼자들에게 비난을 던지려 하는가? 그것은 우리의 잘못이 아니라 너의 어머니의 잘못이다. 그녀는 매우 교활한 여자다. 이 3년 동안, 그리고 거의 4년 동안 그녀는 우리 각자를 격려하고 그녀가 말하는 어떤 말도 진심이 아니면서 그에게 메시지를 보내 우리를 정신 나가게 하고 있다. 그리고 그녀가 우리에게 했던 다른 속임수가 있었다. 그녀는 그녀의 방에 커다란 베틀을 설치하고 거대한 크기의 고운 자수 작품을 만들기 시작했다. '사랑하는 이들이여,' 그녀가 말했다. '오디세우스는 정말로 죽었습니다. 그래도 저에게 즉시 다시 결혼하라고 압박하지 마십시오.

기다려주십시오. 저는 자수 솜씨가 기록되지 않은 채로 사라지게 하고 싶지 않습니다. 죽음이 그를 데려갈 때를 대비하여 제가 영웅 라에르테스를 위한 수의를 완성할 때까지 말입니다. 그는 매우 부유하고 만약 그가 수의 없이 눕혀진다면 이 지역의 여인들이 이야기할 것입니다.' 이것이 그녀가 말한 것이었고, 우리는 동의했다. 그 결과 우리는 그녀가 온종일 그녀의 거대한 직물을 짜는 것을 볼 수 있었지만, 밤에는 그녀는 횃불 빛 아래에서 다시 그 바느질을 풀곤 했다. 그녀는 3년 동안 이런 식으로 우리를 속였고, 우리는 그녀의 속임수를 알아채지 못했다. 그러나 시간이 흘러 이제 4년째 되었을 때, 그녀가 무엇을 하고 있는지 알았던 그녀의 하녀들 중 한 명이 우리에게 말해주었고, 우리는 그녀가 그녀의 작업을 푸는

현장에서 그녀를 붙잡았다. 그래서 그녀는 그녀가 원하든 원하지 않든 그것을 끝내야 했다. 그러므로 구혼자들은 당신에게 이 대답을 한다. 당신과 아카이아인들이 이해할 수 있도록 당신의 '어머니를 돌려보내시오. 그리고 그녀에게 그녀 자신과 그녀의 아버지가 가장 좋아하는 사람과 결혼하라고 명령하십시오.' 왜냐하면 아테나가 그녀에게 가르친 그 능력들 때문에, 그리고 그녀가 그토록 영리하기 때문에 그녀가 자신을 그렇게 거만하게 꾸미며 우리를 더 오랫동안 괴롭힌다면 무슨 일이 일어날지 저는 모르기 때문이다. 우리는 아직 그런 여인에 대해 들어본 적이 없다. 우리는 티로, 알크메나, 뮈케네 그리고 고대의 유명한 여인들에 대해 모두 알고 있지만, 그들 중 어느 누구도 당신의 어머니에게는 아무것도 아니었다.

그녀가 그런 식으로 우리를 대하는 것은 공정하지 않았고, 하늘이 이제 그녀에게 부여한 그 마음을 그녀가 계속 가지고 있는 한 우리는 계속해서 당신의 재산을 먹어치울 것이다. 그리고 나는 그녀가 바뀌어야 할 이유를 알지 못한다. 왜냐하면 그녀가 모든 명예와 영광을 얻고 있고, 그것을 지불하는 것은 그녀가 아니라 당신이기 때문이다. 그러니 이해하시오. 우리는 그녀가 선택을 하고 우리 중 누군가와 결혼할 때까지 우리의 땅으로 여기로도 다른 어떤 곳으로도 돌아가지 않을 것이다."

"안티노우스," 텔레마코스가 대답했다. "어떻게 제가 저를 낳은 어머니를 저의 아버지의 집에서 쫓아낼 수 있겠습니까? 저의 아버지는 외국에 계시고 우리는 그가 살아 있는지 죽었는지 알지 못합니다. 만약 제가 그녀를 그의 딸인 이카리우스에게 돌려보내는 것을 고집한다면, 제가 그에게 주어야 할 큰 금액을 지불해야 할 것이므로 그것은 저에게 힘들 것입니다. 그는 저에게 엄격하게 대할 뿐만 아니라 하늘도 저를 벌할 것입니다. 왜냐하면 저의 어머니가 집을 떠날 때 복수해달라고 에린뉴스(Erinyes)에게 요청할 것이기 때문입니다. 게다가 그것은 신용할 만한 행동이 아닐 것이고, 저는 그것에 대해 어떤 것도 말하지 않을 것입니다. 만약 당신이 이것으로 인해 기분이 상했다면, 여기를 떠나 서로의 집에서 당신 자신의 비용으로 번갈아가며 잔치를 벌이십시오. 반면에 만약 당신이 한 사람에게 빌붙어 사는 것을 고집한다면, 하늘이 저를 도우사 제우스가 당신에게 온전히 갚을 것이고, 당신들이 저의 아버지의 집에서 쓰러질 때 당신들의 복수를 해줄 사람은 없을 것입니다."

그가 말하는 동안 제우스가 산꼭대기에서 독수리 두 마리를 보냈고, 그들은 바람을 타고 계속 날아갔으며, 그들 자신의 주인 같은 비행 속에서 나란히 나아갔다. 그들이 회의의 한가운데 바로 위로 왔을 때, 그들은 방향을 틀고 주위를 맴돌았으며, 그들의 날개로 공기를 때리고, 아래에 있는 사람들의 눈 속으로 죽음을 쏘아보았다. 그런 다음 맹렬하게 싸우고 서로를 찢으며, 그들은 도시 위로 오른쪽을 향해 날아갔다. 백성들은 그들이 날아가는 것을 보고 놀라, 이 모든 것이 무엇일지 서로 물었다. 그들 중에서 가장 훌륭한 예언자이자 징조를 읽는 사람이었던 할리테르세스(Halitherses)가 그들에게 분명하고 모든 정직함 속에서 이렇게 말했습니다.

 "저의 말을 들으시오, 이타카의 사람들이여. 그리고 저는 구혼자들에게 더 구체적으로 말합니다. 왜냐하면 저는 그들에게 재앙이 끓고 있는 것을 보기 때문입니다. 오디세우스는 그리 오래 떨어져 있지 않을 것입니다. 실제로 그는 죽음과 파괴를 베풀기 위해 가까이에 있습니다. 그들뿐만 아니라 이타카에 사는 우리 중 다른 많은 이들에게도 말입니다. 그러니 우리 제때에 현명해지고 그가 오기 전에 이 사악함을 멈춥시다. 구혼자들은 그들 자신의 의지에 따라 그렇게 하게 하십시오. 그것이 그들에게 더 나을 것입니다. 왜냐하면 저는 마땅한 지식 없이 예언하고 있는 것이 아니기 때문입니다. 아르고스인들이 트로이로 떠났을 때 그리고 오디세우스가 그들과 함께 갔을 때, 제가 예언했던 대로 모든 것이 그에게 일어났습니다. 저는 그가 많은 고난을 겪고 그의 모든 부하들을 잃은 후에 20년째 되는 해에 다시 집에 올 것이고, 아무도 그를 알지 못할 것이라고 말했습니다. 그리고 이제 이 모든 것이 현실이 되고 있습니다."

폴리부스의 아들 에우뤼마코스가 그런 다음 말했습니다. "집으로 가시오, 늙은이여. 그리고 당신 자신의 아이들에게 예언하시오. 그렇지 않으면 그들에게 더 나쁜 일이 닥칠 수도 있습니다. 저는 이 징조들을 당신보다 훨씬 더 잘 읽을 수 있습니다. 새들은 항상 어딘가에서 햇빛 속에 날아다니지만, 그들은 거의 아무것도 의미하지 않습니다. 오디세우스는 먼 나라에서 죽었고, 당신은 여기서 징조에 대해 지껄이고

텔레마코스의 분노에 연료를 더하는 대신 그와
함께 죽었더라면 좋았을 것입니다. 그의 분노는
이미 충분히 맹렬합니다. 저는 당신이 그가 당신의
가족을 위해 무언가를 줄 것이라고 생각한다고
가정합니다. 그러나 저는 당신에게 말합니다.
그리고 그것은 확실히 이루어질입니다. 당신처럼
더 잘 알아야 할 늙은이가 젊은이를 설득하여 그가
귀찮게 되면 우선, 그의 젊은 친구는 훨씬 더
나쁘게 될 것입니다. 그는 아무것도 얻지 못할
것입니다. 왜냐하면 구혼자들이 이것을 막을
것이기 때문입니다. 그리고 다음으로, 우리는
당신에게 당신이 지불하고 싶지 않을 만큼 더
무거운 벌금을 부과할 것입니다, 경. 왜냐하면
그것은 당신에게 심하게 영향을 미칠 것이기
때문입니다. 텔레마코스에 대해서는, 저는 당신들

모두의 면전에서 그의 어머니를 그녀의 아버지에게 돌려보내라고 경고합니다. 그는 그녀를 위한 남편을 찾고 그토록 소중한 딸이 기대할 수 있는 모든 결혼 선물들을 그녀에게 제공할 것입니다. 그때까지 우리는 우리의 구애로 그를 괴롭히는 것을 계속할 것입니다. 왜냐하면 우리는 어떤 사람도 두려워하지 않고 그의 모든 훌륭한 연설들에도 당신의 어떤 점쟁이 예언에도 신경 쓰지 않기 때문입니다. 당신은 원하는 만큼 설교할 수 있습니다. 그러나 우리는 당신을 더 많이 미워할 뿐입니다. 우리는 돌아가서 텔레마코스의 재산을 지불하지 않고 계속 먹어치울 것입니다. 그의 어머니가 우리를 괴롭히는 것을 멈출 때까지. 그녀는 우리를 하루하루 긴장하게 하면서 각자가 그런 희귀한 완벽함의 전리품을 위한 그의 구애에서 서로 경쟁하게 합니다. 게다가 우리는 우리가 마땅히 결혼해야 할 다른 여자들을 따라갈 수 없습니다. 그녀가 우리를 대하는 방식 때문에 말입니다."

텔레마코스가 말했다.

"에우뤼마코스, 그리고 다른 구혼자들이여. 저는 더 이상 말하지 않을 것이고, 더 이상 당신들에게 간청하지 않을 것입니다. 왜냐하면 신들과 이타카의 백성들이 이제 저의 이야기를 알기 때문입니다. 그러니 저에게 저를 여기저기 데려다 줄 배 한 척과 20명의 선원들을 주십시오. 그러면 저는 오랫동안 사라졌던 저의 아버지를 찾아 스파르타와 필로스로 갈 것입니다. 어떤 사람이 저에게 무언가를 말해주거나, 그리고 (사람들은 종종 이런 식으로 소식을 듣습니다) 어떤 하늘이 보낸 메시지가 저를 안내할 수도 있습니다. 만약 제가 그가 살아 있고 집으로 오는 길에 있다는 것을 들을 수 있다면, 저는 당신들 구혼자들이 또 다른 12개월 동안 만들어낼 낭비를 참을 것입니다. 반면에 만약 제가 그의 죽음에 대해 듣는다면, 저는 즉시 돌아와 마땅한 모든 화려함으로 그의 장례 의식을 거행하고, 그의 기억을 위한 무덤을 세우고 저의 어머니가 다시 결혼하게 할 것입니다."

이 말들과 함께 그는 앉았고, 오디세우스의 친구였으며, 모든 하인들을 완전히 책임지고 맡아 관리했던 멘토르(Mentor)가 일어나 말했다. 그는 그런 다음 분명하고 모든 정직함 속에서 그들에게 이렇게 말을 걸었다.

"저의 말을 들으시오, 이타카의 사람들이여. 저는 당신들이 더 이상 친절하고 좋은 마음을 가진 통치자나 당신들을 공정하게 다스릴 통치자를 가지지 않기를 바랍니다. 저는 당신들의 모든 족장들이 이제부터 잔인하고 불의하기를 바랍니다. 왜냐하면 여러분 중 오디세우스를 잊은 사람이 한 명도 없기 때문입니다. 그는 마치 당신들의 아버지인 것처럼 당신들을 다스렸습니다. 저는 구혼자들에게는 절반만큼도 화를 내지 않습니다. 왜냐하면 그들이 그들의 마음의 사악함 속에서 폭력을 행사하기로 선택하고 오디세우스가 돌아오지 않을 것이라는 것에 대해 그들의 머리를 걸었다면 그들은 위세를 부리고 그의 재산을 먹어치울 수 있지만, 다른 당신들로 말하자면 저는 당신들이 모두 앉아서 그런 터무니없는 일이 계속되는 것을 막으려 하지 않는 방식에 충격을 받습니다. 만약 당신들이 선택한다면 당신들은 그렇게 할 수 있었을 것입니다. 왜냐하면 당신들은 많고 그들은 적으니까요."

에베노르(Evenor)의 아들 레이오크리투스 (Leiocritus)가 그에게 대답하며 말했다. "멘토르, 이 모든 것이 무슨 어리석음입니까? 당신이 백성들에게 우리를 멈추게 하려 하다니. 한 사람이 그의 음식물에 대해 많은 사람들과 싸우는 것은 어려운 일입니다. 오디세우스 자신이 우리의 집에서 우리가 잔치하는 동안 우리를 공격하고 우리를 쫓아내려 최선을 다하더라도, 그를 다시 보고 싶어 하는 그의 아내는 기뻐할 이유가 거의 없을 것이고, 그가 그렇게 큰 역경에 맞서 싸운다면 그의 피는 그의 자신의 머리 위에 있을 것입니다. 당신이 말하는 것에는 어떤 분별력도 없습니다.

그러니 이제 당신들 백성들은 당신들의 일에 대해 가십시오. 그리고 그의 아버지의 늙은 친구들인 멘토르와 할리테르세스가 이 소년이 그의 여행에 가도록 서두르게 하십시오. 만약 그가 간다면 말입니다. 저는 그가 갈 것이라고 생각하지 않습니다. 왜냐하면 어떤 사람이 와서 그에게 무언가를 말해줄 때까지 그는 그가 있는 곳에 머무를 가능성이 더 높으니까요."

이것으로 그들은 회의를 해산했고, 모든 사람들이 그들 자신의 거처로 돌아갔고, 구혼자들은 오디세우스의 집으로 돌아갔다.

그런 다음 텔레마코스는 바닷가로 완전히 혼자 가서 그의 손들을 회색 파도들 속에 씻고, 아테나에게 기도했다.

"저를 들으십시오," 그가 외쳤다. "어제 저를

방문하여 오랫동안 사라졌던 저의 아버지를 찾아 바다를 항해하라고 저에게 명령했던 당신 신이여. 저는 당신에게 복종하고 싶지만, 아카이아인들과 특히 그 사악한 구혼자들이 저를 방해하여 제가 그렇게 할 수 없습니다."

그가 이렇게 기도하는 동안 아테나는 멘토르와 같은 모습과 목소리로 그에게 가까이 다가왔다. "텔레마코스," 그녀가 말했다. "만약 당신이 당신의 아버지와 같은 피를 이어 받았다면, 당신은 이제부터 바보나 겁쟁이가 되지 않을 것입니다. 왜냐하면 오디세우스는 그의 말을 어기거나 그의 일을 절반만 해놓고 떠난 적이 없으니까요. 만약 당신이 그를 닮았다면 당신의 항해는 헛되지 않을 것입니다. 그러나 만약 당신의 정맥 속에 오디세우스와 페넬로페의 피가 흐르지 않는다면 저는 당신이 성공할 가능성을 보지 못합니다.
아들들은 그들의 아버지들만큼 훌륭한 사람들이
거의 없습니다. 그들은 일반적으로 아버지의 모든
면에 미치지 못합니다. 그럼에도 불구하고 당신이
이제부터 바보나 겁쟁이가 되지 않을 것이므로,
그리고 당신의 아버지의 현명한 통찰력의 어떤
몫을 완전히 가지고 있지 않은 것이 아니므로 저는
당신의 시도를 희망적으로 바라봅니다. 그러나
당신은 그 어리석은 구혼자들 중 어떤 사람과도
공통된 대의를 만들지 마십시오. 왜냐하면 그들은
분별력도 미덕도 없고 죽음과 곧 그들 모두에게
닥칠 운명에 대해 아무 생각도 하지 않기
때문입니다. 그래서 그들은 같은 날에 멸망할
것입니다. 당신의 항해는 오래 지연되지 않을
것입니다. 당신의 아버지는 저의 그런 오랜

친구여서 제가 당신을 위한 배를 찾아줄 것이고,
저 자신도 당신과 함께 갈 것입니다. 그러나 이제
집으로 돌아가서 구혼자들 사이로 가십시오.
당신의 항해를 위한 식량들을 준비하기
시작하십시오. 와인은 항아리들에 그리고 삶의
활력인 보리 가루는 가죽 부대들에 잘 저장되도록
하십시오. 그동안 저는 도시를 돌아다니며 자원
봉사자들을 즉시 모집할 것입니다. 이타카에는
오래되고 새로운 많은 배들이 있습니다. 저는
당신을 위해 그것들을 살펴보고 가장 좋은 것을
선택할 것입니다. 우리는 그것을 준비하고 지체
없이 바다로 나아갈 것입니다."

이렇게 제우스의 딸 아테나가 말했고,
텔레마코스는 여신이 그에게 말한 대로 하는 데
시간을 낭비하지 않았다. 그는 침울하게 집으로

갔고, 구혼자들이 바깥마당에서 염소들의 가죽을 벗기고 돼지들을 그을리고 있는 것을 발견했다. 안티노우스가 즉시 그에게 다가와 그가 그의 손을 잡을 때 웃으며 말했다. "텔레마코스, 나의 훌륭한 불 먹는 자여. 더 이상 말로든 행동으로든 기분 상하게 하지 말고 예전처럼 우리와 함께 먹고 마시십시오. 아카이아인들은 당신을 위해 모든 것 —배 한 척과 함께 엄선된 선원들—을 찾아줄 것입니다. 그래서 당신이 즉시 필로스로 항해하여 당신의 고귀한 아버지의 소식을 얻을 수 있도록 말입니다."

"안티노우스," 텔레마코스가 대답했다. "저는 당신들과 같은 사람들과 평화롭게 먹거나 어떤 종류의 즐거움도 취할 수 없습니다. 제가 아직 소년이었을 때 당신들이 저의 많은 재산을 낭비했던 것만으로는 충분하지 않았습니까? 이제 제가 더 나이가 들고 그것에 대해 더 많이 알게 되었으니, 저는 또한 더 강해졌고 여기 이 백성들 사이에서든 혹은 필로스로 가든, 저는 제가 할 수 있는 모든 해악을 당신들에게 가할 것입니다. 저는 갈 것이고, 저의 가는 것은 헛되지 않을 것입니다. 비록 당신들—구혼자들— 덕분에 저는 저 자신의 배나 선원들이 없지만 선장이 아닌 승객이어야 합니다."

그가 말하는 동안 그는 안티노우스의 손으로부터 그의 손을 낚아챘다. 그동안 다른 사람들은 건물들 주위에서 저녁 식사를 준비하는 것을 계속했고, 그들이 그렇게 하는 동안 그를 조롱하며 놀렸다.

한 젊은이가 말했다. "텔레마코스는 우리를

죽이려는 것 같습니다. 저는 그가 필로스에서 혹은 그가 가려고 마음먹은 스파르타에서 그를 도울 친구들을 데려올 수 있다고 생각하는 것 같습니다. 혹은 그는 우리의 와인에 넣을 독을 위해 에퓌라로도 갈 것입니까? 우리를 죽이기 위해 말입니다."

다른 사람이 말했다. "어쩌면 텔레마코스가 배에 오르면 그의 아버지처럼 되어 친구들로부터 멀리 떨어진 곳에서 멸망할지도 모릅니다. 이 경우 우리는 할 일이 많을 것입니다. 왜냐하면 우리는 그때 그의 재산을 우리들 사이에서 나눌 수 있으니까요. 집은 그의 어머니와 그녀와 결혼하는 그 남자에게 주게 할 수 있습니다. 어쩔티비! (어쩌라고!)"

이것이 그들이 이야기했던 방식이다. 그러나

텔레마코스는 그의 아버지가 은과 청동의 보물들을 바닥에 쌓아두었던 높고 넓은 저장실로 내려갔고, 그곳에는 리넨과 여분의 옷들이 열린 궤짝들에 보관되어 있었다. 여기에는 또한 향기로운 올리브 기름의 저장물들이 있었고, 낡고 잘 숙성된, 혼합되지 않은, 신이 마시기에 적합한 와인 통들이 오디세우스가 결국 다시 집에 돌아올 경우를 대비하여 성벽에 정렬되어 있었다. 그 방은 가운데에서 열리는 잘 만들어진 문들로 닫혀 있었다. 더욱이 피세노르의 아들인 충실한 늙은 가정부 에우뤼클레이아가 밤낮으로 모든 것을 책임지고 있었다. 텔레마코스는 그녀를 저장실로 불러서 말했다.

"유모, 당신이 가진 가장 좋은 와인 중 일부를 저에게 따라주십시오. 불쌍한 사람이지만 만약 그가 죽음을 피하고 결국 다시 집에 돌아온다면 당신이 저의 아버지가 직접 마실 것을 위해 남겨두고 있는 와인 다음으로 좋은 것으로 말입니다. 저에게 항아리 열두 개를 주시고, 그것들 모두가 뚜껑을 가지고 있는지 확인하십시오. 또한 저에게 잘 꿰매진 가죽 부대들에 보리 가루를 채워주십시오. 모두 합쳐 약 스무 측정 단위입니다. 이 물건들을 즉시 함께 모아주시고, 그것에 대해 아무 말도 하지 마십시오. 저의 어머니가 밤을 위해 위층으로 올라가자마자 저는 오늘 저녁에 모든 것을 가져갈 것입니다. 저는 저의 사랑하는 아버지의 귀환에 대해 어떤 것이든 들을 수 있는지 보기 위해 스파르타와 필로스로 가는 길입니다."

에우뤼클레이아가 이것을 들었을 때 그녀는

울기 시작했고, 그에게 애정 어린 목소리로 말했다.
"나의 친애하는 아이여, 어떤 생각이 당신의
머릿속에 그런 개념을 넣었습니까? 세상의 어디로
당신은 가고 싶습니까? 집의 유일한 희망인 당신이
말입니다. 당신의 불쌍한 아버지는 아무도 모르는
어떤 외국 나라에서 죽었고 사라졌습니다. 그리고
당신이 돌아서자마자 여기 있는 이 사악한 자들이
당신을 길에서 치우려고 계획할 것이고, 당신의
모든 소유물들을 그들 사이에서 나눌 것입니다.
당신의 백성들 사이에 당신이 있는 곳에
머무르십시오. 그리고 메마른 바다 위에서 당신의
삶을 방황하고 걱정하는 데 가지 마십시오."

"두려워하지 마세요, 유모," 텔레마코스가
대답했다. "저의 계획은 하늘의 허락 없이
이루어진 것이 아닙니다. 그러나 당신이 저의

어머니에게 이 모든 것에 대해 아무 말도 하지 않겠다고 맹세하십시오. 제가 약 10일이나 12일 동안 떨어져 있을 때까지. 만약 그녀가 제가 갔다는 것을 듣고 당신에게 묻는 것이 아니라면 말입니다. 저는 그녀가 우는 것으로 그녀의 아름다움을 망치기를 원하지 않습니다."

그 늙은 여인은 그녀가 그러지 않겠다고 가장 엄숙하게 맹세했고, 그녀가 그녀의 맹세를 완성했을 때 그녀는 항아리에 와인을 따르고, 부대들에 보리 가루를 넣기 시작했다. 그동안 텔레마코스는 구혼자들에게로 돌아갔다.

그런 다음 아테나가 다른 문제에 대해 생각했다. 그녀는 그의 모습을 취하고 선원들 각자에게 도시를 돌아다니며 해질 녘까지 배에 모이라고 말했다. 그녀는 또한 프론리우스의 아들

노에몬(Noemon)에게 가서 배 한 척을 빌려달라고 요청했다. 그는 그것을 아주 기꺼이 수락했다. 해가 지고 모든 땅 위에 어둠이 깔렸을 때, 그녀는 배를 물에 띄웠고, 배들이 보통 싣고 다니는 모든 장비들을 배에 실었다. 그리고 항구 끝에 그녀는 그것을 주둔시켰다. 이윽고 선원들이 올라왔고, 여신은 그들 각자에게 격려의 말을 전했다.

더 나아가 그녀는 오디세우스의 집으로 갔고, 구혼자들을 깊은 잠 속에 던져 넣었다. 그녀는 그들의 술이 그들을 취하게 했고, 그들이 그들의 잔들을 그들의 손에서 떨어뜨리게 했다. 그래서 그들은 그들의 와인 위에서 앉아 있는 대신, 그들의 눈들이 무겁고 졸음으로 가득 찬 채로 잠을 자기 위해 도시로 돌아갔다. 그런 다음 그녀는 멘토르의 형태와 목소리를 취하고 텔레마코스를 밖으로 나오라고 불렀다.

 "텔레마코스," 그녀가 말했다. "사람들은 배에 올라탔고 그들의 노들 위에 있습니다. 당신이 명령을 내리기를 기다리고 있습니다. 그러니 가보자고! 서둘러서 우리 떠납시다."

 이렇게 그녀는 길을 이끌었고, 텔레마코스는 그녀의 발걸음을 따라갔다. 그들이 배에 도착했을 때, 그들은 선원들이 물가에서 기다리고 있는 것을 발견했고 텔레마코스가 말했다. "이제 나의 부하들이여, 내가 짐들을 배에 싣는 것을 도와주십시오. 그것들은 모두 회랑에 함께 놓여 있고 저의 어머니는 그것에 대해 아무것도 모릅니다. 한 명의 하녀를 제외하고는 말입니다."

 이 말들과 함께 그는 길을 이끌었고, 다른 사람들은 뒤따랐다. 그들이 그가 그들에게 말한 대로 물건들을 가져왔을 때, 텔레마코스는 배에 올라탔고 아테나는 그의 앞에서 가서 배의 선미에 그녀의 자리를 차지했고 텔레마코스는 그녀 옆에 앉았다. 그런 다음 사람들은 밧줄들을 풀었고, 그들의 자리들을 벤치들 위에 차지했다. 아테나는 그들에게 서쪽에서 오는 좋은 바람을 보냈고, 그것은 깊은 푸른 파도들 위로 휘파람을 불었고 그 결과 텔레마코스는 그들에게 밧줄들을 잡고 돛을 올리라고 말했고 그들은 그가 그들에게 말한 대로 했다. 그들은 돛대를 가로 널빤지 안의 구멍에 세웠고 그것을 올리고 앞 버팀줄들로 단단히 고정했다. 그런 다음 그들은 꼬인 소가죽 밧줄들로 그들의 하얀 돛들을 높이 올렸다. 돛이 바람으로 부풀어 오르자, 배는 깊은 푸른 물을 통해 날아갔고, 그녀가 앞으로 나아갈 때 거품이 그녀의 뱃머리에 맞서 쉿 소리를 냈다. 그런 다음 그들은 배 전체에 모든 것을 단단히 고정했고, 와인 섞는 그릇들을 가장자리까지 채우고 영원으로부터 계신 불멸의 신들에게, 그러나 특히 제우스의 회색 눈의 딸에게 제주를 바쳤다.

이렇게 그 배는 밤의 보초들을 통해 어둠에서 새벽까지 그 길을 재촉했다.

3

필로스에서 네스토르를 만나다

 장밋빛 새벽이 아름다운 바다에서 하늘의 궁창으로 솟아올라 빛을 비추자마자 그들은 넬레우스의 도시, 필로스에 도착했다. 필로스 사람들은 지진의 신 포세이돈에게 검은 황소들을 희생 제물로 바치기 위해 해변에 모여 있었다. 각 500명씩 아홉 개의 길드가 있었고, 각 길드에는 아홉 마리의 황소들이 있었다. 그들이 내장을 먹고 헤파이스토스의 이름으로 넓적다리 뼈들을 장작불 위에서 태우는 동안, 텔레마코스와 그의 선원들이 도착하여 그들의 돛을 접고 배를 닻에 내린 후 육지로 올라왔다.

아테나가 길을 이끌었고 텔레마코스가 그녀를 따랐다. 그녀는 곧 말했다. "텔레마코스, 당신은 조금도 수줍어하거나 긴장해서는 안 됩니다. 당신은 당신의 아버지가 어디에 묻혔는지, 그리고 그가 어떻게 죽었는지 알아내기 위해 이 항해를 했습니다. 그러니 우리가 그에게서 무엇을 들을 수 있는지 보기 위해 곧장 네스토르에게 가십시오. 그에게 진실을 말해달라고 간청하십시오. 그러면 그는 거짓말을 하지 않을 것입니다. 왜냐하면 그는 훌륭한 사람이기 때문입니다."

"하지만 멘토르님," 텔레마코스가 대답했다. "제가 어떻게 감히 네스토르에게 다가가서 말을 걸어야 하겠습니까? 저는 아직까지 사람들과 긴 대화를 나누는 것에 익숙하지 않고, 저보다 훨씬 나이 많은 분에게 질문하는 것을 시작하는 것이 부끄럽습니다."

"텔레마코스, 어떤 것들은 당신 자신의 본능에 의해 당신에게 제안될 것이고, 하늘이 당신을 더 재촉할 것입니다. 왜냐하면 신들이 당신의 탄생 이후부터 지금까지 당신과 함께 해왔다고 저는 확신하기 때문입니다." 아테나가 대답했다.

그녀는 그런 다음 빠르게 앞으로 나아갔고, 텔레마코스가 그녀의 발걸음을 따라 필로스 백성들의 길드들이 모여 있는 장소에 도착할 때까지 걸었다. 거기서 그들은 네스토르가 그의 아들들과 함께 앉아 있는 것을 발견했고, 그 주위의 사람들은 저녁 식사를 준비하고 고기 조각들을 꼬챙이에 꿰고 있었으며, 다른 조각들은 익히고 있었다. 그들이 이방인들을 보았을 때, 그들은 그들 주위로 몰려들어 그들의 손을 잡고 그들에게 자리를 잡으라고 명령했다.

네스토르의 아들 피시스트라투스가 즉시 그들 각자에게 그의 손을 내밀었고, 그들을 그의 아버지와 그의 형제 트라쉬메데스 옆에 있는 모래 위에 놓여 있는 부드러운 양가죽 위에 앉혔다. 그런 다음 그는 그들에게 내장 고기들의 그들의 몫을 주었고, 그들을 위해 황금 잔에 와인을 부어주며 아테나에게 먼저 건네고 동시에 그녀에게 인사했다.

"경(卿), 기도를 올리십시오." 그가 아테나에게 말했다. "당신이 합류하는 것은 헤파이스토스의 잔치이기 때문입니다. 당신이 마땅히 기도하고 당신의 제주를 바쳤을 때, 당신의 친구에게도 잔을 건네 그도 마찬가지로 할 수 있게 하십시오. 저는 그도 기도 속에서 그의 손을 들어 올린다고 의심하지 않습니다. 왜냐하면 인간은 세상에서 신 없이 살 수 없기 때문입니다. 그래도 그는 당신보다 더 젊고 저와 나이가 비슷하니, 제가 당신에게 우선권을 드리겠습니다."

그가 말하며 그녀에게 잔을 건넸다. 아테나는 그가 그녀에게 먼저 준 것이 매우 옳고 적절하다고 생각했다. 그녀는 헤파이스토스에게 진심으로 기도하기 시작했다. "오, 당신이여," 그녀가 외쳤다. "땅을 둘러싸는 이여, 당신에게 부르는 당신의 하인들의 기도들을 허락해주십시오. 특히 우리는 당신이 네스토르와 그의 아들들 위에 당신의 은혜를 내려주기를 기도합니다. 그 후에도 당신에게 바치는 훌륭한 헤카톰에 대해 나머지 필로스 백성들에게도 어떤 훌륭한 보답을 해주십시오. 마지막으로, 저희가 저희의 배를 타고 필로스로 오게 한 그 문제에 관하여 텔레마코스와 저에게 행복한 결말을 허락해주십시오."

그녀가 이렇게 기도하는 것을 마쳤을 때, 그녀는 텔레마코스에게 잔을 건넸고 그도 마찬가지로 기도했다. 이윽고 바깥 고기들이 구워지고 꼬챙이들로부터 내려졌을 때, 고기 써는 사람들은 모든 사람에게 그의 몫을 주었고 그들 모두는 훌륭한 저녁 식사를 했다. 그들이 먹고 마시는 것에 충분히 배가 부르자, 게레네의 기사인 네스토르가 말하기 시작했다.

"이제 우리의 손님들이 저녁 식사를 마쳤으니, 그들에게 그들이 누구인지 묻는 것이 가장 좋을 것입니다. 그렇다면, 경, 이방인들이여, 당신들은 누구이고 어떤 항구에서 항해했습니까? 당신들은 상인들입니까? 아니면 모든 사람에게 맞서는 약탈자들처럼 바다들을 항해합니까? 그리고 당신들에게 맞서는 모든 사람의 손으로?"

아테나가 그에게 그의 아버지에 대해 물어보고 스스로 좋은 이름을 얻도록 용기를 주었기 때문에, 텔레마코스는 대담하게 대답했다.

"넬레우스의 아들 네스토르님, 아카이아 이름의 영예이신 분이시여," 그가 말했다. "저희가 어디에서 왔는지 물으시니, 제가 말씀드리겠습니다. 저희는 네리툼 아래에 있는 이타카에서 왔습니다. 그리고 제가 말씀드리고 싶은 문제는 공공의 것이 아니라 개인적인 중요성의 문제입니다. 저는 당신 자신과 함께

트로이 도시를 약탈했다고 전해지는 저의 불행한
아버지 오디세우스의 소식을 찾고 있습니다.
저희는 트로이에서 싸웠던 다른 영웅들 각자에게
어떤 운명이 닥쳤는지 알지만, 오디세우스에
관해서는 하늘이 그가 전혀 죽었는지에 대한
지식조차 저희에게 숨겼습니다. 아무도 그가 어떤
장소에서 멸망했는지 저희에게 증명할 수 없고,
그가 본토에서 전투에서 쓰러졌는지 혹은
암피트리테의 파도들 한가운데에서 바다에
잃어졌는지 말할 수 없기 때문입니다. 따라서 저는
당신의 무릎들 앞에서 간청합니다. 당신이
혹시라도 그의 슬픈 결말에 대해 저에게
말해주기를 기뻐하실지, 당신이 그것을 당신
자신의 눈으로 보았는지 혹은, 다른 어떤
여행자로부터 그것을 들었는지 말입니다.

왜냐하면 그는 고통을 위해 태어난 사람이었기 때문입니다. 저를 불쌍히 여기셔서 어떤 동정심 때문에 사실을 부드럽게 하시지 마시고, 당신이 정확히 무엇을 보았는지 모든 평이함 속에서 저에게 말씀해 주십시오. 만약 저의 용감한 아버지 오디세우스께서 당신 아카이아인들이 트로이인들 한가운데에서 괴롭힘을 당했을 때 말로나 행동으로 당신께 충실한 봉사를 한 적이 있다면, 그것을 이제 저의 편에 서서 명심하시고 모든 것을 진실하게 말씀해 주십시오."

"나의 친구여," 네스토르가 대답했다. "당신은 저의 마음에 많은 슬픔의 시간을 떠올리게 합니다. 왜냐하면 용감한 아카이아인들이 바다에서, 아킬레우스 아래에서 사략 행위를 하는 동안, 그리고 프리아모스 왕의 위대한 도시 앞에서 싸우는 동안 모두 많은 고통을 겪었기 때문입니다.
우리의 가장 훌륭한 사람들이 모두 거기서
쓰러졌습니다. 아이아스, 아킬레우스, 조언에서는
신들에게 필적하는 파트로클로스 그리고 저의
사랑하는 아들 안틸로쿠스도 발이 유달리 빠르고
싸움에서는 용감한 사람이었습니다. 그러나
우리는 이것보다 훨씬 더 많은 고통을 겪었습니다.
실제로 어떤 필멸의 혀가 전체 이야기를 말할 수
있겠습니까? 비록 당신이 여기서 5, 6년 혹은
심지어 9년 동안 머물며 저에게 질문하더라도,
저는 아카이아인들이 겪었던 모든 것을 당신에게
말할 수 없을 것이고, 당신은 그것이 끝나기 전에
저의 이야기에 지쳐 집으로 돌아갈 것입니다. 9년
동안 우리는 온갖 종류의 계략을 시도했지만,
하늘의 손은 우리에게 반대했습니다. 이 모든 시간

동안 당신의 아버지와 비교할 수 있는 사람은 아무도 없었습니다. 만약 당신이 정말 그의 아들이라면 저는 저의 눈을 거의 믿을 수 없을 것입니다. 그리고 당신도 그와 똑같이 이야기합니다. 그렇게 다른 나이의 사람들이 그렇게 비슷하게 말할 수 있다고는 아무도 말하지 않을 것입니다. 그와 저는 처음부터 끝까지 진영에서도, 회의에서도 어떤 종류의 의견 차이도 없었지만, 한결같은 마음과 목적 속에서 우리는 아르고스인들에게 모든 것이 어떻게 가장 좋게 정돈될 수 있는지 조언했습니다."

"그러나 우리가 프리아모스의 도시를 약탈하고, 하늘이 우리를 흩뿌렸듯이 우리의 배들을 항해하려 했을 때, 그때 제우스는 아르고스인들의 귀향 항해에 그들을 괴롭히기로 적절하다고 보았습니다. 왜냐하면 그들이 모두 현명하거나 이해심이 있었던 것은 아니었기 때문이고, 따라서 많은 이들이 제우스의 딸 아테나의 불쾌함 때문에 안 좋은 결말을 맞았습니다. 그녀는 아트레우스의 두 아들들 사이에 싸움을 일으켰습니다."

아트레우스의 아들들이 회의를 소집했는데, 그것은 마땅히 그래야 할 때가 아니었다. 왜냐하면 그것은 해질 녘이었고, 아카이아인들은 와인에 취해 몸이 무거웠기 때문이다. 그들이 왜 백성들을 함께 부르는지 설명했을 때, 메넬라오스는 즉시 집으로 항해하고 싶어하는 것처럼 보였고, 이것은 아가멤논을 불쾌하게 했다. 그는 우리가 아테나의 분노를 달래기 위해 헤카톰을 바칠 때까지 기다려야 한다고 생각했다. 그가 얼마나 바보였는지, 신들이 마음을 정했을 때 그들이 그것들을 가볍게 바꾸지 않는다는 것을 그는 알았어야 했다. 그래서 그 두 사람은 거친 말들을 주고받으며 섰고, 그 결과 아카이아인들은 공기를 찢는 외침과 함께 그들의 발로 튀어 올랐고, 그들이 무엇을 해야 할지에 대해 두 마음을 가졌다.

"그날 밤 우리는 쉬고 우리의 분노를 키웠습니다. 왜냐하면 제우스가 우리에게 해악을 꾸미고 있었기 때문입니다. 그러나 아침에 우리 중 일부는 우리의 배들을 물에 띄우고 우리의 물건들을 우리의 여인들과 함께 배에 실었습니다. 한편, 나머지 약 절반의 수의 사람들은 아가멤논과 함께 뒤에 머물렀습니다. 우리 나머지 절반은 승선하고 항해했습니다. 그리고 배들은 잘 갔습니다. 왜냐하면 하늘이 바다를 부드럽게 해주었기 때문입니다. 우리가 테네도스에

도착했을 때, 우리는 신들에게 희생 제물들을 바쳤습니다. 우리는 집에 가고 싶어 갈망했기 때문입니다. 그러나 잔인한 제우스는 우리가 아직 그렇게 하기를 원하지 않았고, 그 결과 우리들 중 일부가 그들의 배들을 다시 돌려세우고 아가멤논과 그들의 평화를 만들기 위해 오디세우스 아래에서 멀리 항해하는 동안 두 번째 싸움을 일으켰습니다. 그러나 저와 함께 있던 모든 배들은 앞으로 나아갔습니다. 왜냐하면 저는 재앙이 끓고 있다는 것을 보았기 때문입니다. 티데우스의 아들 디오메데스도 저와 함께 갔고, 그의 선원들도 그와 함께 갔습니다. 나중에 메넬라오스가 레스보스에서 우리에게 합류했고, 우리가 우리의 항로에 대해 마음을 정하고 있는 것을 발견했습니다. 왜냐하면 우리는 키오스

바깥으로 프시라 섬 옆으로 가야 할지, 이것을
우리의 왼쪽에 두고 혹은, 키오스 안쪽으로 폭풍우
치는 미마스 곶 맞은편으로 가야 할지 몰랐기
때문입니다. 그래서 우리는 하늘에 징조를 물었고,
우리가 우리의 배들을 열린 바다를 가로질러
에우보이아로 향한다면 가장 빨리 위험에서
벗어날 것이라는 징조를 받았습니다. 따라서
우리는 그렇게 했고, 순풍이 솟아나 밤 동안
게라에스투스로 빠른 항해를 우리에게
주었습니다. 거기서 우리는 지금까지 우리를
도와준 포세이돈에게 많은 희생 제물들을
바쳤습니다. 나흘 후에 디오메데스와 그의
부하들은 그들의 배들을 아르고스에
주둔시켰지만, 저는 필로스를 향해 나아갔고,
하늘이 저에게 처음으로 순풍을 만들어준 그날

이후로 바람은 결코 약해지지 않았습니다."

"그러므로, 저의 친애하는 젊은 친구여, 저는 다른 사람들에 대해 아무것도 듣지 않고 돌아왔습니다. 저는 누가 안전하게 집에 돌아왔는지도, 누가 잃어졌는지도 알지 못합니다. 그러나 의무에 따라, 저는 제가 여기서 저의 자신의 집에 있었던 이래로 저에게 닿았던 보고들을 숨김없이 당신에게 말하겠습니다. 그들은 뮈르미돈인들이 아킬레우스의 아들 네오프톨레무스 아래에서 안전하게 집으로 돌아왔다고 말합니다. 용맹한 포이아스의 아들 필록테테스도 마찬가지입니다. 다시 이도메네우스는 바다에서 부하들을 잃지 않았고, 들판에서 죽음을 피했던 그의 모든 추종자들은 그와 함께 안전하게 크레타로 돌아갔습니다.

당신이 세상의 얼마나 멀리 떨어져 살든 상관없이, 당신은 아가멤논과 그가 아이기스투스의 손에 겪었던 그 나쁜 결말에 대해 들었을 것입니다. 그리고 아이기스투스는 즉시 끔찍한 대가를 치렀습니다. 오레스테스가 했던 것처럼, 그의 고귀한 아버지를 죽인 사기꾼 아이기스투스를 죽인 것처럼, 아들을 남겨두는 것이 사람에게 얼마나 좋은 일인지 보십시오. 그러니 당신도—당신은 키가 크고 영리해 보이는 젊은이이니—당신의 기개를 보여주고 이야기 속에서 당신의 이름을 만드십시오."

"넬레우스의 아들 네스토르님," 텔레마코스가 대답했다. "아카이아 이름의 영예이신 분이시여, 아카이아인들은 오레스테스를 칭찬하고 그의 이름은 모든 시간을 통해 살 것입니다. 왜냐하면 그는 그의 아버지에게 고귀하게 복수했기 때문입니다. 하늘이 저에게도 저를 학대하고 저의 파멸을 꾸미고 있는 사악한 구혼자들의 오만함에 대해 비슷한 복수를 하도록 허락해주시기를 바랍니다. 그러나 신들은 저와 저의 아버지를 위해 그런 행복을 준비하지 않았으므로, 저희는 할 수 있는 한 최선을 다해 그것을 견뎌야 합니다."

"나의 친구여," 네스토르가 말했다. "이제 당신이 저를 상기시키니, 저는 당신의 어머니가 당신에게 악의를 품고 있고 당신의 재산을 황폐하게 만들고 있는 많은 구혼자들을 가졌다는 것을 들었던 것을 기억합니다. 당신은 이것에 온순하게 복종합니까? 아니면 여론과 하늘의 목소리가 당신에게 반대하고 있습니까? 오디세우스가 결국 다시 돌아와 단독으로든, 혹은 그의 뒤에 있는 아카이아인 군대와 함께든, 이 악당들에게 온전히 갚을 수도 있지 않겠습니까? 만약 아테나가 우리가 트로이 앞에서 싸우고 있었을 때 그녀가 오디세우스를 좋아했던 것만큼 당신을 좋아했더라면—왜냐하면 저는 신들이 아테나가 그때 당신의 아버지를 좋아했던 것만큼 그렇게 공개적으로 어떤 사람을 좋아했던 것을 아직 본 적이 없기 때문입니다—만약 그녀가 당신을 그에게 했던 것처럼 잘 돌봐주었다면, 이 구혼자들은 곧 그들의 구애를 잊었을 것입니다."

"저는 그런 것을 기대할 수 없습니다," 텔레마코스가 대답했다. "그것은 너무나 많은 것을 희망하는 것일 것입니다. 저는 감히 그것에 대해 생각하지 못합니다. 신들 자신이 그것을 원했더라도, 그런 좋은 운명은 저에게 닥치지 않을 것입니다."

이것에 대해 아테나가 말했다. "텔레마코스, 무슨 말을 하고 있는가요? 만약 하늘이 한 사람을 구원하려고 마음먹는다면, 그것은 긴 팔을 가지고 있습니다. 그리고 만약 그것이 나였다면, 저는 제가 일단 거기에 안전하게 있을 수만 있다면, 집에 돌아오기 전에 제가 얼마나 고통받든 신경 쓰지 않을 것입니다. 저는 이것보다 빠르게 집에 돌아온 다음 아이기스투스와 그의 아내의 배신으로 아가멤논이 그랬던 것처럼 저의 집에서 죽임을 당하는 것을 더 선호할 것입니다. 그러나 죽음은 확실하고, 한 사람의 시간이 오면, 그들이 그를 아무리 좋아하더라도, 심지어 신들도 그를 구할 수 없습니다."

"멘토르님," 텔레마코스가 대답했다. "그것에

대해 더 이상 이야기하지 맙시다. 저의 아버지가 결코 다시 돌아올 가능성은 없습니다. 신들은 오래전에 그의 파괴를 조언했습니다. 그러나 제가 네스토르에게 묻고 싶은 다른 것이 있습니다. 왜냐하면 그는 다른 어떤 사람보다 더 많이 알기 때문입니다. 그들은 그가 세 세대 동안 통치했다고 말합니다. 그래서 그것은 마치 불멸의 존재에게 이야기하는 것과 같습니다. 그러니 저에게 말씀해 주십시오, 네스토르님, 그리고 진실을 말해주십시오. 아가멤논이 어떻게 그렇게 죽었습니까? 메넬라오스는 무엇을 하고 있었습니까? 그리고 사기꾼 아이기스투스가 어떻게 그만큼 더 나은 사람을 죽였습니까? 아이기스투스가 용기를 내고 아가멤논을 죽였을 때, 메넬라오스가 아카이아인 아르고스에서 멀리 떨어져 인류 사이에서 다른 곳으로 항해하고 있었습니까?"

"제가 당신에게 진실을 말하겠습니다." 네스토르가 대답했다. "그리고 실제로 당신 자신이 모든 일이 어떻게 일어났는지 추측했습니다. 만약 메넬라오스가 트로이에서 돌아왔을 때 그의 집에서 아이기스투스가 아직 살아 있는 것을 발견했더라면, 그를 위해 어떤 무덤도 쌓여지지 않았을 것입니다. 심지어 그가 죽었을 때도. 그러나 그는 도시 밖에 개들과 독수리들에게 던져졌을 것입니다. 그리고 어떤 여자도 그를 위해 슬퍼하지 않았을 것입니다. 왜냐하면 그는 아주 큰 사악함의 행동을 했기 때문입니다. 그러나 우리는 트로이에서 열심히 싸우고 있었고, 아르고스 한가운데에서 조용히 편안하게 지내고 있었던 아이기스투스가 끊임없는 아첨으로 아가멤논의 아내 클리타임네스트라를 꾀었습니다. 처음에는 그녀가 그의 사악한 계획에 대해 어떤 것도 하려 하지 않았습니다. 왜냐하면 그녀는 선량한 타고난 성향을 가졌기 때문입니다. 더욱이 그녀와 함께 한 음유시인이 있었는데, 아가멤논이 트로이로 떠날 때 그의 아내를 지키라고 엄격한 명령을 내렸던 그였습니다. 그러나 하늘이 그녀의 파멸을 조언했을 때, 아이기스투스는 이 음유시인을 어떤 황량한 섬으로 데려가 그곳에 남겨두어 까마귀들과 갈매기들이 배불리 먹게 했습니다―그 후 그녀는 아이기스투스의 집으로 충분히 기꺼이 갔습니다. 그런 다음 그는 신들에게 많은 번제 희생 제물들을 바쳤고 많은 신전들을 태피스트리와 금도금으로 장식했습니다. 그는 그의 기대를 훨씬 넘어 성공했기 때문입니다. 그동안 메넬라오스와 저는 트로이에서 집으로 가는 길이었습니다. 서로에게 좋은 감정을 가지고 있었습니다. 우리가 아테네의 지점인 수니움에 도착했을 때, 아폴론가 그의 고통 없는 화살들로 메넬라오스의 배의 조타수인 프론티스를 죽였습니다. 그리고 거친 날씨에 배를 다루는 법을 그보다 더 잘 알았던 사람은 없었습니다. 그래서 그는 거기서 바로 키를 손에 든 채 죽었고, 메넬라오스는 앞으로 서두르기를 매우 불안해했지만 그의 동료를 묻고 그에게 마땅한 장례 의식을 주기 위해 기다려야 했습니다. 현재 그도 다시 항해할 수 있었을 때, 그리고 말레아 곶들까지 항해했을 때, 제우스가 그에게 악을 조언하고 파도들이 산처럼 높게 솟아오를 때까지 강하게 불게 했습니다. 여기서

그는 그의 함대를 나누고, 그의 절반을
이아르다누스 강 주변에 크뤼도니아인들이 사는
크레타를 향해 이끌었습니다. 고르틴이라고
불리는 장소에서 바다로 뻗어 있는 높은 곳이
여기에 있고, 파이스투스까지 이 해안을 따라
남풍이 불면 바다가 높게 흐릅니다. 그러나
파이스투스 후에는 해안이 더 보호를 받습니다.
왜냐하면 작은 곶이 큰 피난처를 만들 수 있기
때문입니다. 여기 이 함대의 일부분은 바위에 몰려
난파되었습니다. 그러나 선원들은 간신히
스스로를 구할 수 있었습니다. 나머지 다섯 척의
배들에 대해서는 바람과 바다에 의해 이집트로
옮겨졌고, 거기서 메넬라오스는 다른 언어를
말하는 사람들 사이에서 많은 황금과 재물을
모았습니다. 그동안 여기 집에서 아이기스투스는

그의 악한 행동을 계획했습니다. 그가 아가멤논을 죽인 후 7년 동안 그는 뮈케네를 다스렸고, 백성들은 그의 아래에서 복종했지만, 여덟 번째 해에 오레스테스가 그의 재앙이 되기 위해 아테네로부터 돌아왔고 그의 아버지의 살인자를 죽였습니다. 그런 다음 그는 그의 어머니와 사기꾼 아이기스투스의 장례 의식들을 아르고스의 백성들에게 잔치를 베풀어 거행했고, 바로 그날 메넬라오스가 그가 배들이 나를 수 있는 만큼의 많은 보물들과 함께 집에 돌아왔습니다."

"그러니 저의 조언을 들으십시오. 그리고 집에서 그렇게 멀리 오랫동안 여행하지 마십시오. 혹은 당신의 집에 그런 위험한 사람들과 함께 당신의 재산을 남겨두지 마십시오. 그들은 당신이 가진 모든 것을 그들 사이에서 먹어치울 것이고, 당신은 헛된 심부름을 한 것이 될 것입니다. 그러나 저는 당신이 모든 수단을 다하여 가서 메넬라오스를 방문하도록 조언합니다. 그는 최근에 어떤 사람도 그들의 항로에서 그렇게 멀리 떨어진 곳으로 바람이 한번 그를 나른다면 결코 돌아올 수 없을 만큼 먼 민족들 사이에서 여행을 마치고 돌아왔습니다. 심지어 새들도 12개월 안에 그 거리를 날 수 없습니다. 그들이 건너야 하는 바다들이 그렇게 광대하고 끔찍하기 때문입니다. 그러므로, 그에게로 바다로 가십시오. 그리고 당신 자신의 부하들을 당신과 함께 데려가십시오. 혹은 만약 당신이 육로로 여행하는 것을 더 선호한다면, 당신은 전차를 가질 수 있고, 당신은 말들을 가질 수 있고, 여기에 제 아들들이 있습니다. 그들은 당신을 메넬라오스가 사는 라케다이몬으로 호위할 수 있습니다. 그에게 진실을 말해달라고 간청하십시오. 그러면 그는 당신에게 거짓말을 하지 않을 것입니다. 왜냐하면 그는 훌륭한 사람이기 때문입니다."

그가 말하자 태양이 졌고 어둠이 깔렸다. 그러자 아테나가 말했다. "경, 당신이 말한 모든 것은 훌륭합니다. 그러나 이제 희생물들의 혀들을 자르라고 명령하고, 와인을 섞어 우리가 포세이돈와 다른 불멸의 존재들에게 제주를 바칠 수 있게 하십시오. 그리고 그런 다음 잠자리에 드십시오. 왜냐하면 잠잘 시간이기 때문입니다. 사람들은 종교적인 축제에서 일찍 떠나고 늦은 시간까지 머물지 않아야 합니다."

이렇게 제우스의 딸이 말했고, 그들은 그녀의 말에 복종했다. 하인들이 손님들의 손 위로 물을 부어주었고, 시종들은 와인 섞는 그릇에 와인과 물을 채우고 모든 사람에게 그의 제주를 준 후에 그것을 주위로 건네주었다. 그런 다음 그들은 희생물들의 혀들을 불 속에 던졌고, 서서 그들의 제주들을 바쳤다. 그들이 제주들을 바치고 각자가 마음 내키는 만큼 마셨을 때, 아테나와 텔레마코스는 그들의 배에 올라타려 했지만, 네스토르가 그들을 즉시 붙잡아 그들을 멈춰 세웠다.

그가 외쳤다. "하늘과 불멸의 신들이 당신들이 저의 집을 떠나 배에 올라타는 것을 금합니다. 당신은 제가 그렇게 가난하고 옷이 부족하다고 생각합니까? 혹은 제가 저 자신과 저의 손님들을 위해 편안한 침대들을 찾을 수 없을 만큼 망토가 그렇게 적다고 생각합니까? 제가 당신에게

말하건대, 저는 깔개와 망토들 모두의 저장물을
가지고 있고, 저의 옛 친구 오디세우스의 아들이
배의 갑판 위에서 야영하는 것을 허용하지 않을
것입니다. 제가 사는 동안은 아닙니다. 저의
아들들도 저 다음에는 마찬가지입니다. 그러나
그들은 제가 했던 것처럼 문을 열어놓는 집을
유지할 것입니다."

그러자 아테나가 대답했다. "경, 당신은 잘
말했고, 텔레마코스가 당신이 말한 대로 하는 것이
훨씬 더 나을 것입니다. 그러므로 그는 당신과 함께
돌아가 당신의 집에서 잠을 잘 것입니다. 그러나
저는 저의 선원들에게 명령들을 주고 그들의
마음을 잘 지키기 위해 돌아가야 합니다. 저는 그들
중에서 유일한 나이 많은 사람입니다. 나머지는
모두 텔레마코스 자신의 나이와 같은

젊은이들이고, 우정 때문에 이 항해를 했습니다. 그러니 저는 배로 돌아가 거기서 잠을 자야 합니다. 더욱이 내일 저는 제가 오랫동안 저에게 빚진 많은 돈을 가진 카우코니아인들에게로 가야 합니다. 텔레마코스에 대해서는 이제, 그가 당신의 손님이니, 그를 전차로 라케다이몬으로 보내십시오. 그리고 당신의 아들들 중 한 명이 그와 함께 가게 하십시오. 또한 그에게 당신의 가장 좋고 가장 빠른 말들을 제공해주시기를 바랍니다."

그녀가 이렇게 말했을 때, 그녀는 독수리의 모습으로 날아가 버렸고, 모두는 그것을 보며 놀랐다. 네스토르는 놀랐고, 텔레마코스의 손을 잡았다. "나의 친구여," 그가 말했다. "저는 당신이 언젠가 위대한 영웅이 될 것이라고 생각합니다. 당신이 아직 그렇게 젊은 동안 신들이 이렇게 당신을 보살피니 말입니다. 이것은 제우스의 무서운 딸 트리토 외에 하늘에 사는 다른 어떤 이도 아니었음에 틀림없습니다. 그녀는 아르고스인들 사이에서 당신의 용감한 아버지에게 그런 호의를 보였었습니다. 성스러운 여왕이여," 그는 계속했다. "부디 저에게, 저의 선량한 아내 그리고 저의 아이들 위에 당신의 은혜를 내려주소서. 그에 대한 보답으로 저는, 당신에게 일 년 된, 뿔이 넓은 암소 한 마리를 희생 제물로 바칠 것입니다. 그것은 길들여지지 않았고, 아직 인간에 의해 멍에 아래에 놓인 적이 없는 것입니다. 저는 암소의 뿔들을 금으로 도금하고 희생 제물로 당신에게 바칠 것입니다."

그가 이렇게 기도했고, 아테나는 그의 기도를 들었다. 그는 그런 다음 그의 아들들과 사위들을 따라 그의 자신의 집으로 길을 이끌었다. 그들이 거기에 도착하고 벤치와 자리에 그들의 자리들을 잡았을 때, 그는 그들을 위해 달콤한 와인 한 잔을 섞었다. 가정부가 그것을 담고 있던 항아리의 뚜껑을 열었을 때, 그것은 11년 된 와인이었다. 그가 와인을 섞는 동안, 그는 많이 기도하고 아이기스-나르는 제우스의 딸인 아테나에게 제주들을 바쳤다. 그런 다음 그들이 제주들을 바치고 각자가 마음 내키는 만큼 마셨을 때, 다른 사람들은 각자 자신의 거처로 집에 가서 잠자리에 들었다. 그러나 네스토르는 텔레마코스를 문 위층에 있는 방에 피시스트라투스와 함께 잠재웠다. 피시스트라투스는 이제 그에게 남아 있는 유일한 미혼 아들이었다. 그는 그의 아내인 여왕을 그의 옆에 두고, 집의 안쪽 방에서 잠을 잤다.

 이제 아침의 아이, 장밋빛 손가락을 가진 새벽이
나타나자, 네스토르는 그의 침상에서 나와 그의 집
앞에 서 있던 희고 광택 나는 대리석 벤치들에 그의
자리를 잡았다. 여기 이전에 넬레우스가,
조언에서는 신들과 필적하는 그가 앉아 있었지만,
그는 이제 죽었고 하데스의 집으로 갔다. 그래서
네스토르는 그의 자리에 앉아 공공의 안녕의
수호자로서 홀을 손에 들고 있었다. 그의 아들들이
그들의 방들에서 나왔을 때, 그들은 그 주위에
모였다. 에케프론, 스트라티우스, 페르세우스,
아레투스 그리고 트라쉬메데스였다. 여섯 번째
아들은 피시스트라투스였고, 텔레마코스가
그들에게 합류했을 때, 그들은 그를 함께 앉게
했다. 네스토르는 그런 다음 그들에게 말을

걸었다.

"나의 아들들아, 내가 너희들에게 명령하는 대로 서둘러라. 나는 무엇보다 먼저 어제의 축제 동안 내 눈에 보이게 스스로를 드러냈던 위대한 여신 아테나를 달래고 싶다. 그러니 너희들 중 한 명이 평원으로 가서 가축 지키는 사람에게 나를 위해 암소 한 마리를 찾아보라고 말하고 즉시 그것을 가지고 여기로 오거라. 다른 한 명은 텔레마코스의 배로 가서 선원들 모두를 초대하고, 배에 두 명의 사람만 남겨두어라. 다른 누군가는 달려가 금세공인 라에르케우스를 데려와 암소의 뿔들을 금으로 도금하게 할 것이다. 나머지는 너희들 모두 있는 곳에 머물러 있거라. 집안의 하녀들에게 훌륭한 저녁 식사를 준비하고, 좌석들과 번제 희생 제물을 위한 통나무들을 가져오라고 말하라. 또한 그들에게 내게 맑은 샘물을 가져오라고 말하여라."

이 말대로 그들은 여러 심부름들로 서둘러 갔다. 암소는 평원에서 데려와졌고, 텔레마코스의 선원들은 배에서 왔다. 금세공인은 모루, 망치 그리고 그가 그의 금을 작업했던 집게들을 가져왔고, 아테나 자신도 희생 제물을 받기 위해 왔다. 네스토르는 금을 나누어주었고, 그 장인은 여신이 그들의 아름다움에 즐거움을 가질 수 있도록 암소의 뿔들을 도금했다. 그런 다음 스트라티우스와 에케프론이 그녀를 뿔들로 데려왔다. 아레투스는 꽃 패턴이 있는 물 주전자에 집에서 물을 가져왔고, 그의 다른 손에는 보리 가루 바구니를 들고 있었다. 건장한 트라쉬메데스는 날카로운 도끼를 들고 옆에 서서 암소를 칠 준비가 되어 있었고, 페르세우스는 양동이를 들고 있었다.

그런 다음 네스토르는 그의 손들을 씻고 보리 가루를 뿌리기 시작했고, 그는 암소의 머리에서 한 가닥의 머리카락을 불 위에 던지며 아테나에게 많은 기도들을 바쳤다.

  그들이 기도하고 보리 가루를 뿌리는 것을 마쳤을 때, 트라쉬메데스는 암소에게 타격을 가했고, 목의 기초에 있는 힘줄들을 가로질러 잘리는 타격으로 암소를 쓰러뜨렸다. 그러자 네스토르의 딸들과 며느리들 그리고 그의 존경스러운 아내 에우뤼디케(그녀는 클뤼메노스의 큰딸이었다)가 기쁨으로 소리쳤다. 그런 다음 그들은 땅으로부터 암소의 머리를 들어 올렸고, 피시스트라투스는 암소의 목구멍을 잘랐다. 암소가 피 흘리는 것을 멈추고 완전히 죽었을 때, 그들은 암소를 각 부분을 잘라냈다. 그들은 제때에

넓적다리 뼈들을 잘라내고 그것들을 두 겹의 지방으로 싸고, 그 위에 날고기 조각들을 몇 개 놓았다. 그런 다음 네스토르는 그것들을 나무 불 위로 놓고 와인을 그 위로 부었고, 젊은이들은 다섯 갈래의 꼬챙이를 그들의 손들에 들고 그의 근처에 서 있었다. 넓적다리들이 불에 타고 그들이 내장 고기들을 맛보았을 때, 그들은 나머지 고기들을 잘게 잘라 조각들을 꼬챙이들에 꽂고 불 위에서 그것들을 구웠다.

그동안 사랑스러운 폴뤼카스테, 네스토르의 가장 어린 딸은 텔레마코스를 씻겼다. 그녀가 그를 씻기고 기름으로 그를 문질렀을 때, 그녀는 그에게 아름다운 망토와 셔츠를 가져다주었고, 그는 목욕탕에서 나와 신처럼 보였고, 네스토르의 옆에 그의 자리를 차지했다. 고기들이 익었을 때, 그들은 그것들을 꼬챙이들에서 내리고 저녁 식사에 앉았다. 그곳에서 그들은 가치 있는 하인들에 의해 시중받았고, 그들은 그들에게 황금 잔들에 와인을 계속 부어주었다. 그들이 충분히 먹고 마셨을 때, 네스토르가 말했다. "아들들아, 텔레마코스의 말들을 전차에 연결하여 그가 즉시 출발할 수 있게 하라."

그가 이렇게 말하자, 그들은 그가 말한 대로 했고, 빠른 말들을 전차에 멍에를 씌웠다. 가정부는 그들을 위해 빵, 와인 그리고 왕자들의 아들들에게 적합한 달콤한 음식들을 포장했다. 그런 다음 텔레마코스는 전차에 올랐고, 피시스트라투스는 고삐들을 움켜쥐고 그의 옆에 그의 자리를 잡았다. 그는 말들을 채찍질했고, 그들은 마지못해 열린 시골로 달려갔다. 필로스의 높은 성채를 그들 뒤에

남겨두고, 온종일 그들은 여행했고, 태양이 지고
모든 땅 위에 어둠이 깔릴 때까지 그들의 목 위로
멍에를 흔들었다. 그런 다음 그들은
오르틸로쿠스의 아들이고 알페우스의 손자인
디오클레스가 살았던 페라이에 도착했다. 여기서
그들은 밤을 보냈고, 디오클레스가 그들을
친절하게 대접했다. 새벽이 되자 그들은 다시
그들의 말들을 연결하고 메아리치는 문간 집
아래의 대문을 통해 몰고 나갔다.
피시스트라투스는 말들을 채찍질했고, 그들은
마지못해 달려갔다. 현재 그들은 열린 시골의
옥수수밭에 왔고, 시간이 지남에 따라 그들의
말들이 그들을 그렇게 잘 데려갔으므로 그들의
여행을 마쳤다.

  이제 태양이 지고 땅 위에 어둠이 깔렸다.

4

스파르타의 메넬라우스 궁전: 트로이 영웅들의 비극

 이타카의 구혼자들은 텔레마코스를 죽이려 음모를 꾸민다.
 그들은 라케다이몬이라는 낮은 도시에 도착했고, 곧장 메넬라우스의 거처로 향했다. 그들은 그의 집에서 그가 아들의 결혼과 그의 딸의 결혼을 축하하며 많은 씨족원들과 잔치를 벌이는 것을 발견했다. 그는 아킬레우스의 아들에게 그녀를 결혼시키기로 동의하고 약속을 했었고,

이제 신들이 그 결혼을 이루어주고 있었다. 그래서 그는 그녀를 전차와 말들과 함께 아킬레우스의 아들이 통치하고 있는 뮈르미돈인들의 도시로 보내고 있었다. 그의 유일한 아들을 위해서는 그는 스파르타의 딸, 알렉토르의 딸을 찾아 신부로 삼았다. 이 아들 메가펜테스는 본드우먼에게서 태어났으니, 왜냐하면 금빛 아프로디테처럼 아름다웠던 헤르미오네를 낳은 후에는 하늘이 헬레나에게 더 이상의 아이들을 허락하지 않았기 때문이다.

그래서 메넬라우스의 이웃들과 친족들이 그의 집에서 잔치를 벌이며 즐거운 시간을 보내고 있었다. 음유시인이 그들을 위해 노래하고 그의 리라를 연주했고, 두 명의 곡예사들이 그가 곡조를 시작할 때 그들 한가운데에서 공연을 하고 있었다.

텔레마코스와 네스토르의 아들은 문에서 그들의 말들을 멈춰 세웠다. 그러자 메넬라우스의 하인인 에테오네우스가 밖으로 나왔고, 그들을 보자마자 그의 주인에게 알리기 위해 서둘러 집 안으로 달려갔다. 그는 그의 주인에게 가까이 다가가 말했다. "메넬라우스님, 여기에 이방인들이 왔습니다. 두 명의 남자들입니다. 그들은 제우스의 아들들처럼 보입니다. 우리가 어떻게 해야 합니까? 그들의 말을 풀어줘야 합니까? 아니면 그들에게 그들이 할 수 있는 대로 다른 곳에서 친구들을 찾으라고 말해야 합니까?"

메넬라우스는 매우 화가 나서 말했다. "보에투스의 아들 에테오네우스, 너는 바보였던 적이 없지만, 이제 너는 멍청한 사람처럼 말하는구나. 당연히 그들의 말을 풀어주고 이방인들을 들여보내 그들이 저녁 식사를 하게 해라. 너와 나는 우리가 여기에 돌아오기 전에 다른 사람들의 집에서 충분히 자주 머물렀다. 거기서 하늘이 우리가 이제부터 평화롭게 쉬기를 허락해주기를."

그래서 에테오네우스는 서둘러 돌아가서 다른 하인들에게 그와 함께 오라고 명령했다. 그들은 멍에 아래에서 그들의 땀 흘리는 말들을 몰고와 여물통에 묶고 귀리와 보리를 섞은 음식을 주었다. 그런 다음 그들은 전차를 안마당의 끝 성벽에 기대어 놓았고, 집 안으로 길을 이끌었다. 텔레마코스와 피시스트라투스는 그것을 보고 놀랐으니, 그것의 화려함은 태양과 달의 것과 같았기 때문이다. 마치 올림푸스 제우스의 궁전을 보는 듯한 레게노급의 압도적인 광채가 그들을 감쌌다. 그런 다음 그들이 마음껏 모든 것에 감탄했을 때, 그들은 목욕실로 가서 씻었다.

하인들이 그들을 씻기고 기름을 발라준 뒤, 그들에게 양털 망토와 셔츠를 가져다주었고, 두 사람은 메넬라우스의 옆에 자리를 잡았다. 한 하녀가 아름다운 황금 물 주전자에 물을 가져와 손을 씻도록 은 대야에 부어주었고, 그들 옆에 깨끗한 식탁을 당겨 놓았다. 상급 하인이 그들에게 빵을 가져왔고, 그 집에 있는 좋은 것들 중 많은 것을 제공했다. 한편 고기 써는 사람은 온갖 종류의 고기 접시들을 가져와 그들 옆에 황금 잔들을 놓았다.

그런 다음 메넬라우스가 그들에게 인사하며 말했다. "마음껏 드시오. 그리고 환영합니다. 저녁 식사를 마쳤을 때 제가 당신들이 누구인지 물어볼 것입니다. 당신들 같은 사람들의 혈통이 잃어버려지지 않았을 테니 말입니다. 당신들은 홀을 든 왕들의 혈통에서 나온 것이 틀림없습니다. 왜냐하면 가난한 사람들은 당신들과 같은 아들들을 가지지 못하니까요."

그는 그들에게 최고의 부분이라고 여기는 살찐 구운 허릿살 한 조각을 건네주었고, 그들은 앞에 있는 좋은 것들에 손들을 얹었다. 그들이 먹고 마시는 것에 충분히 배가 부르자마자, 텔레마코스가 네스토르의 아들에게 아무도 듣지 못하게 그의 머리를 아주 가까이 대고 말했다. "보아라, 피시스트라투스, 나의 심장과 같은 사람아. 청동과 황금, 호박과 상아 그리고 은의 그 빛남을 보라. 모든 것이 너무나 화려해서 올림푸스 제우스의 궁전을 보는 것과 같다. 나는 너무

감탄스러워 정신을 잃을 것만 같다."

　메넬라우스가 그의 말을 엿듣고 말했다. "나의 아들들아, 아무도 제우스와 겨룰 수 없다. 왜냐하면 그의 집과 그에 관한 모든 것이 불멸이기 때문이다. 그러나 필멸의 인간들 중에서, 글쎄, 나만큼 많은 재산을 가진 다른 사람이 있을 수도 있고 없을 수도 있다. 하지만 어쨌든 나는 많이 여행했고 많은 고난을 겪었다. 내가 나의 함대를 가지고 집으로 돌아오기까지 거의 8년이 걸렸기 때문이다. 나는 키프로스, 포이니키아 그리고 이집트인들에게 갔다. 또한 에티오피아인들, 시도니아인들 그리고 에렘비아인들에게도, 그리고 양들이 태어나자마자 뿔을 가지는 리비아에도 갔었다. 양들은 일 년에 세 번 새끼를 낳는다. 그 나라의 모든 사람들은 주인이든, 하인이든 많은 치즈, 고기 그리고 좋은 우유를 가지고 있다. 왜냐하면 암양들이 일 년 내내 우유를 주기 때문이다. 그러나 내가 이 사람들 사이에서 여행하고 큰 재산을 얻는 동안, 나의 형제는 그의 사악한 아내의 배신을 통해 비밀스럽게 그리고 충격적으로 살해당했고, 그래서 나는 이 모든 재물의 영주가 된 것에 어떤 즐거움도 없다. 당신들의 부모님이 누구든, 그들은 당신들에게 이 모든 것과, 완전히 그리고 웅장하게 가구가 비치된 웅장한 저택의 파멸에 대한 나의 무거운 손실에 대해 말했을 것이다. 오! 만약 내가 지금 가지고 있는 것의 삼분의 일만 가졌더라도 좋았을 것을. 그래서 내가 집에 머물렀고, 트로이의 평원에서 아르고스에서 멀리 떨어져서 멸망했던 그 모든 사람들이 살아 있었더라면. 나는 자주 그들 모두를 위해 내가 여기서 나의 집에서 앉아 있는 동안 슬퍼한다. 때때로 나는 슬픔으로 크게 울부짖지만, 곧 다시 멈춘다. 왜냐하면 우는 것은 차가운 위로이고 사람은 곧 그것에 지치기 때문이다. 그러나 내가 이들을 위해 슬퍼하더라도, 나는 그들 모두보다 단 한 사람을 위해 그렇게 한다. 나는 그를 생각하는 것만으로 음식과 잠 모두를 혐오할 만큼 비참해진다. 왜냐하면 모든 아카이아인들 중에서 그만큼 열심히 일하거나 그만큼 많이 위험을 무릅썼던 사람은 아무도 없었기 때문이다. 그는 그것으로 아무것도 얻지 못했고, 나에게 슬픔의 유산을 남겼다. 왜냐하면 그는 오랫동안 사라졌고, 우리는 그가 살아 있는지 죽었는지 알지 못하기 때문이다. 그의 늙은 아버지, 그의 오랫동안 고통받는 아내 페넬로페 그리고 그가 품에 안긴 아기로 남겨두었던 그의 아들 텔레마코스가 그 때문에 슬픔에 잠겨 있다."

메넬라우스가 이렇게 말했고, 텔레마코스는 그의 아버지를 생각하며 심장이 갈망했다. 그의 눈들에서 눈물들이 떨어졌고, 망토를 얼굴 앞에 양손으로 가렸다. 메넬라우스는 이것을 보고 그에게 스스로 말할 시간을 주어야 할지 혹은 즉시 물어보고 이 모든 것이 무엇에 관한 것인지 알아내야 할지 망설였다.

그가 이렇게 두 마음을 가지고 있는 동안, 헬레나가 그녀의 높은 둥근 천장과 향수 뿌려진 방에서 내려왔으니, 아르테미스 자신처럼 사랑스러워 보였다. 아드라스테는 그녀에게 자리를 가져왔고, 알키페는 부드러운 양털 깔개를, 필로는 그녀에게 폴뤼부스의 아내인 알칸드라가 그녀에게 주었던 은 보석함을 가져왔다.

폴뤼부스는 세상 전체에서 가장 부유한 도시인 이집트의 테베에 살았으니, 그는 메넬라우스에게 순수한 은으로 된 목욕통 두 개, 삼각대 두 개 그리고 열 달란트의 황금을 주었다. 이 모든 것 외에 그의 아내는 헬레나에게 아름다운 선물들을 주었으니, 즉 황금 물레와 바퀴가 달린 은 보석함, 그 꼭대기 주위에 금띠가 있는 것이었다. 필로는 이것을 그녀의 옆에 놓았고, 고운 잣은 실로 가득 차 있었고, 그 위에 보라색 양털이 담긴 물레가 놓여 있었다. 그런 다음 헬레나는 그녀의 자리에 앉아 발판 위에 그녀의 발들을 놓고, 그녀의 남편에게 질문하기 시작했다.

"메넬라우스," 그녀가 말했다. "우리를 방문하러 온 이 이방인들의 이름을 우리가 압니까? 제가 올바르게 추측하는 것입니까? 아니면 틀린 것입니까? 그러나 저는 제가 생각하는 것을 말하지 않을 수 없습니다. 저는 이 젊은이가 텔레마코스와 닮은 만큼, 다른 어떤 사람과 그렇게 닮은 남자나 여자를 본 적이 없습니다. 실제로 제가 그를 볼 때 저는 무슨 생각을 해야 할지 거의 알지 못합니다. 당신들 아카이아인들이 저의 가장 뻔뻔한 자신 때문에 전투를 그들의 심장 속에 가지고 트로이로 갔을 때, 오디세우스가 아기로 뒤에 남겨두었던 그 텔레마코스와 말입니다."

메넬라우스가 대답했다. "나의 친애하는 아내여, 나는 당신이 보는 것과 똑같이 그 닮음을 본다. 그의 손들과 발들은 오디세우스와 똑같다. 그의 머리카락, 그의 머리의 모양과 그의 눈들의 표현도 마찬가지다. 게다가 내가 오디세우스에 대해 이야기하고, 그가 나 때문에 얼마나 많은 고통을 겪었는지 말하고 있을 때, 그의 눈들에서 눈물들이 떨어졌고, 그는 그의 망토로 그의 얼굴을 가렸다."

그런 다음 피시스트라투스가 말했다.
"아트레우스의 아들 메넬라우스, 이 젊은이가 텔레마코스라고 당신이 생각하는 것은 옳습니다. 그러나 그는 매우 겸손하고, 여기 와서 당신처럼 그렇게 신성하게 흥미로운 대화로 어떤 말을 시작하는 것을 부끄러워합니다. 저의 아버지 네스토르가 그에게 어떤 조언이나 제안을 해주실 수 있는지 알아보고 싶어 그를 호위하라며 저를 여기로 보냈습니다. 한 아버지가 그를 지지해줄 사람 없이 그를 남겨두고 떠나면, 항상 아들은 집에 문제가 생깁니다. 그리고 이것이 지금 텔레마코스가 놓여 있는 상황입니다. 그의 아버지는 부재 중이고, 그의 사람들 중에서 그를 지지해줄 사람은 아무도 없습니다."
 "이런 세상에," 메넬라우스가 대답했다.
"그렇다면 나는 나 때문에 많은 고난을 겪었던 매우
소중한 친구의 아들로부터 방문을 받고 있구나.
나는 하늘이 우리가 바다 건너에서 안전하게
돌아오는 것을 허락했을 때 그를 가장 눈에 띄게
구별하여 환대할 것을 항상 희망했었다. 나는
아르고스에 그를 위한 도시를 세우고 그를 위한
집을 지었을 것이다. 나는 그가 그의 물건들, 그의
아들 그리고 그의 모든 사람들과 함께 이타카를
떠나게 하고, 나에게 복종하는 이웃 도시들 중 어떤
것을 그들을 위해 약탈했을 것이다. 우리는 이렇게
끊임없이 서로를 보았을 것이고, 죽음 외에는 어떤
것도 그렇게 가깝고 행복한 교류를 방해하지
못했을 것이다. 그러나 나는 하늘이 우리에게 그런

큰 행운을 아꼈다고 생각한다. 왜냐하면 그것이 그 불쌍한 친구가 결코 집에 돌아가지 못하게 막았기 때문이다."

이렇게 그는 말했고, 그의 말들은 그들 모두를 울게 했다. 헬레나가 울었고, 텔레마코스도 울었고, 메넬라우스도 마찬가지였다. 그리고 피시스트라투스는 그의 눈들이 채워지는 것을 막을 수 없었으니, 그는 밝은 새벽의 아들이 죽였던 그의 사랑하는 형제 안틸로쿠스를 기억했기 때문이다. 그러자 그는 메넬라우스에게 말했다.

"경, 저의 아버지 네스토르가 우리가 집에서 당신에 대해 이야기하곤 했을 때, 당신이 희귀하고 훌륭한 이해력을 가진 사람이라고 저에게 말했습니다. 그렇다면, 만약 가능하다면, 제가 당신에게 촉구하는 대로 하십시오. 저는 저녁 식사를 하는 동안 우는 것을 좋아하지 않습니다. 아침이 제때에 올 것이고, 오전에는 죽은 이들을 위해 아무리 많이 울더라도 상관없습니다. 이것이 우리가 불쌍한 이들을 위해 할 수 있는 전부입니다. 우리는 그들을 위해 우리의 머리들을 깎고 우리의 뺨들에서 눈물들을 짜내는 것뿐입니다. 저는 트로이에서 죽은 형제가 있었습니다. 그는 거기서 결코 가장 나쁜 사람은 아니었습니다. 당신은 확실히 그를 아실 것입니다. 그의 이름은 안틸로쿠스였습니다. 저는 그를 제 눈으로 본 적은 없지만, 그들은 그가 발이 유달리 빠르고 싸움에서 용감했다고 말합니다."

"나의 친구여," 메넬라우스가 대답했다. "당신의 신중함은 당신의 나이를 초월한다. 당신이 당신의 아버지를 닮았다는 것은 분명하다. 어떤 사람이

아내와 자손 모두에 관해 하늘이 축복한 사람의 아들일 때, 그것은 곧 알 수 있다. 그리고 그것은 처음부터 끝까지 그의 모든 날들 동안 네스토르를 축복했다. 그에게는 그 주위에 잘 마음먹고 용감한 아들들이 있었다. 그러니 우리는 이 모든 울음을 멈추고 다시 우리의 저녁 식사에 주의를 기울일 것이다. 물을 우리의 손들 위로 부어지게 하라. 텔레마코스와 나는 아침에 온전히 서로 이야기할 수 있다."

이에 아스팔리온 하인들 중 한 명이 그들의 손 위로 물을 부어주었고, 그들은 그들 앞에 있는 좋은 것들에 그들의 손들을 얹었다.

그런 다음 제우스의 딸 헬레나가 다른 문제에 대해 생각했다. 그녀는 모든 걱정, 슬픔 그리고 나쁜 기분을 내쫓는 허브로 와인에 마약을 넣었다.

이 약효가 담긴 와인을 마시는 사람은, 비록 그의 아버지와 어머니 둘 다 죽어 쓰러지거나 그가 그의 형제나 아들이 그의 눈앞에서 산산조각 나는 것을 보더라도, 그날 남은 시간 동안 단 한 방울의 눈물도 흘릴 수 없다. 그런 주권적인 힘과 미덕의 이 약물은 톤의 아내인 폴뤼담나라는 이집트 여인에 의해 헬레나에게 주어졌다. 그곳에서는 온갖 종류의 허브들이 자라고, 어떤 것들은 와인 섞는 그릇에 넣기에 좋고, 다른 것들은 독이 된다. 게다가 그 나라 전체의 모든 사람들은 숙련된 의사이다. 왜냐하면 그들이 파이온의 종족이기 때문이다.

헬레나가 이 약물을 그릇에 넣고 하인들에게 와인을 주위로 대접하라고 말했을 때, 그녀가 말했다.

"아트레우스의 아들 메넬라우스 그리고 존경스러운 사람들의 아들들인 나의 좋은 친구들이여, 그것은 제우스가 원하는 대로입니다. 왜냐하면 그는 선과 악 모두를 주는 이이기 때문이고, 그가 원하는 것을 할 수 있기 때문입니다. 당신들이 원하는 대로 여기서 잔치하고, 제가 시기적절하게 한 이야기를 당신들에게 말하는 동안 들으십시오. 저는 오디세우스의 모든 위업들을 단 하나도 언급할 수는 없지만, 그가 트로이 앞에 있었을 때 그리고 당신들 아카이아인들이 온갖 종류의 어려움들 속에 있었을 때 그가 무엇을 했는지 말할 수 있습니다. 그는 스스로를 상처들과 멍들로 뒤덮고, 모두 누더기 옷을 입고 자신의 사람들 사이에 있었을 때와는 아주 다르게, 하인이나 거지처럼 보이는 모습으로 적의 도시로 들어갔습니다. 이 변장 속에서 그는 트로이 도시로 들어갔고, 아무도 그에게 어떤 말도 하지 않았습니다. 오직 저만이 그를 알아보았고 그에게 질문하기 시작했지만, 그는 저에게는 너무 교활했습니다. 그러나 제가 그를 씻기고 기름을 발라주고 그에게 옷들을 준 후에, 그리고 제가 그가 안전하게 그의 자신의 진영과 배들로 돌아올 때까지 트로이인들에게 그를 배신하지 않겠다는 엄숙한 맹세를 한 후에, 그는 아카이아인들이 무엇을 하려 했는지에 대해 모든 것을 저에게 말해주었습니다. 그는 많은 트로이인들을 죽였고, 아르고스 진영에 이르기 전에 많은 정보를 얻었습니다. 이 모든 것들 때문에 트로이 여인들은 한탄했지만, 저 자신의 편에서는 저는 기뻤습니다. 왜냐하면 저의 심장이 저의 고향을 향해 갈망하기 시작했고, 아프로디테가 저를 저의 나라, 저의 소녀 그리고 저의 합법적인 결혼한 남편으로부터 멀리 떨어진 곳으로 데려가려 했던 그 잘못에 대해 저는 불행했기 때문입니다. 그는 실제로 모습이나 이해력에서 전혀 부족하지 않습니다."

그러자 메넬라우스가 말했다. "나의 친애하는 아내여, 당신이 말했던 모든 것은 진실이다. 나는 많이 여행했고 영웅들과 많은 교류를 가졌지만, 오디세우스와 같은 다른 남자를 본 적이 없다. 그가 목마 안에서 모든 아르고스인들 중에서 가장 용감한 사람들인 트로이인들에게 죽음과 파괴를 가져오기 위해 숨어 기다리고 있었던 그 인내와 용기는 무엇이었던가! 그 순간 당신이 우리에게 다가왔다. 트로이인들에게 잘 되기를 바랐던 어떤 신이 당신을 그렇게 하도록 부추겼음에 틀림없다.
그리고 당신과 함께 데이포부스가 있었다. 세 번
당신은 우리의 숨어 있는 장소 주위를 돌았고,
그것을 두드렸다. 당신은 우리의 족장들을 각자
그의 자신의 이름으로 불렀고, 우리의 모든
아내들을 흉내냈다. 안쪽에 있는 우리의
자리들에서, 디오메데스, 오디세우스 그리고 나는
당신이 내는 소음을 들었다. 디오메데스와 나는
그때 그곳에서 튀어 나가야 할지 혹은, 안쪽에서
당신에게 대답해야 할지 결정할 수 없었지만,
오디세우스가 우리 모두를 억제했다. 그래서
우리는 모두 조용히 앉아 있었다. 당신에게
대답하기 시작하려 했던 안티클루스만 빼고. 그때
오디세우스가 그의 두 개의 근육질 손들을 그의 입
위에 탁 얹었고, 그들을 거기에 두었다. 그것이

우리 모두를 구원한 것이었다. 왜냐하면 아테나가 당신을 다시 데려갈 때까지 그는 안티클루스를 재갈 물렸기 때문이다."

"얼마나 슬픈 일입니까," 텔레마코스가 외쳤다. "이 모든 것이 그를 구원하는 데 아무 소용이 없었고, 그의 강철 같은 용기도 마찬가지였다니! 그러나 이제, 경, 우리 모두를 잠자리에 들게 해주십시오. 저희가 누워 잠의 축복받은 선물을 즐길 수 있도록 말입니다."

이에 헬레나는 시녀들에게 문간 집의 방에 침대들을 설치하라고 말했고, 좋은 붉은 깔개들로 그것들을 만들고 손님들이 입을 양털 망토들로 그 위를 덮으라고 했다. 그래서 시녀들은 횃불을 들고 밖으로 나가서 침대들을 만들었고, 한 하인이 곧 이방인들을 그곳으로 안내했다. 그렇게 텔레마코스와 피시스트라투스는 그곳의 앞마당에서 잠을 잤고, 한편 아트레우스의 아들 메넬라우스는 그의 옆에 사랑스러운 헬레나와 함께 안쪽 방에서 누워 있었다.

새벽이 되자, 메넬라우스는 일어나 옷을 입었다. 그는 단정한 발에 샌들을 묶고, 어깨 주위에 검을 찼으며, 불멸의 신처럼 보이는 모습으로 방을 떠났다. 그런 다음 텔레마코스 옆에 자리를 잡고 그가 말했다.

"텔레마코스, 무엇이 당신을 라케다이몬으로의 이 긴 바다 여행을 하도록 이끌었는가? 당신은 공적인 혹은 사적인 사업 때문에 왔는가? 모든 것에 대해 저에게 말해주시오."

"경이시여," 텔레마코스가 대답했다. "저는 당신께서 저의 아버지에 대해 어떤 것을 말씀해

주실 수 있는지 보기 위해 왔습니다. 저는 집과 재산을 다 먹히고 있습니다. 저의 아름다운 재산은 낭비되고 있으며, 저희 집은 저의 어머니께 구애한다는 구실로 저의 수많은 양과 소들을 계속 죽이고 있는 악당들로 가득 차 있습니다. 따라서 저는 당신의 무릎들 앞에서 간청합니다. 부디 당신께서 혹시라도 저의 아버지의 슬픈 최후에 대해 저에게 말씀해 주시기를 바랍니다. 당신이 그것을 당신 자신의 눈으로 보셨는지 혹은 다른 어떤 여행자로부터 들으셨는지 말입니다. 왜냐하면 그는 고통을 위해 태어난 사람이었기 때문입니다. 당신이 저에 대한 어떤 연민 때문에 사실을 부드럽게 하시지 마시고, 당신이 정확히 무엇을 보았는지 모든 평이함 속에서 저에게 말씀해 주십시오. 만약 저의 용감한 아버지 오디세우스께서 당신 아카이아인들이 트로이인들에게 괴롭힘을 당했을 때 말로나 행동으로 당신께 충실한 봉사를 한 적이 있다면, 그것을 이제 저의 편에 서서 명심하시고 모든 것을 진실하게 말씀해 주십시오."

메넬라우스는 이것을 듣고 매우 충격을 받았다. 그래서 그가 외쳤다. "이 겁쟁이들은 용감한 사람의 침대를 찬탈하려고 하는가? 암사슴이 갓 태어난 새끼들을 사자의 굴에 낳아두고, 그런 다음 숲이나 어떤 풀이 무성한 계곡에서 먹이를 먹으러 가는 것과 마찬가지로구나. 사자가 그의 굴로 돌아올 때, 그들 모두를 순식간에 처리할 것이다. 그리고 오디세우스도 이 구혼자들에게 그렇게 할 것이다! 아버지 제우스, 아테나 그리고 아폴론을 두고 맹세하건대, 만약 오디세우스가 우리가

레스보스에서 필로멜레이데스와 레슬링하고 그를
너무 심하게 내던져 모든 아카이아인들이 그에게
환호했을 때의 그 사람이 여전히 그라면 만약 그가
아직 그런 사람이고 이 구혼자들 근처에 온다면,
그들은 짧은 면죄부와 불행한 결혼식을 가질
것이다. 그러나 당신의 질문들에 관해서는, 나는
둘러대거나 당신을 속이지 않고 바다의 그
늙은이가 저에게 말했던 모든 것을 숨김없이
당신에게 말하겠다."

"저는 여기로 오려 했지만, 신들이 이집트에서
저를 붙잡아두었습니다. 왜냐하면 저의
헤카톰들이 그들에게 완전한 만족을 주지 못했기
때문입니다. 그리고 신들은 그들의 마땅한 것을
받는 것에 대해 매우 엄격합니다. 이제 이집트
근처, 배가 좋은 강한 산들바람을 등지고 하루 동안

항해할 수 있는 만큼 멀리 파로스라고 불리는 섬이 있습니다. 그곳에는 배들이 물을 실은 후 열린 바다로 나아갈 수 있는 좋은 항구가 있습니다. 그리고 여기 신들이 저를 20일 동안 움직이지 못하게 만들었습니다. 저를 앞으로 나아가게 할 순풍의 숨결조차 없었습니다. 우리는 식량이 완전히 떨어졌을 것이고, 저의 부하들은 굶어 죽었을 것입니다. 만약 어떤 여신이 저를 가엾게 여기고 바다의 늙은이 프로테우스의 딸 이도테아의 모습으로 저를 구원해주지 않았더라면 말입니다. 왜냐하면 그녀가 저에게 큰 호감을 가졌기 때문입니다."

"어느 날 제가 혼자 있을 때, 그녀가 저에게 왔습니다. 저는 자주 그랬는데, 왜냐하면 부하들은 굶주림의 고통으로부터 그들을 구원할 물고기

한두 마리를 잡기를 희망하며 그들의 미늘이 달린 낚싯바늘들을 가지고 섬 전체를 돌아다니곤 했기 때문입니다. '이방인이여,' 그녀가 말했습니다. '이런 식으로 굶는 것을 당신이 좋아하는 것처럼 저에게 보입니다. 어쨌든 그것은 당신을 크게 괴롭히지 않습니다. 왜냐하면 당신은 매일 여기서 머물고 있으니 말입니다. 비록 당신의 부하들이 한 사람씩 죽어가고 있지만, 당신은 떠나려고 노력조차 하지 않습니다.'"

"그때 제가 말했습니다. '제가 당신에게 말하겠습니다, 당신이 어떤 여신이든 간에, 저는 저의 자신의 의지에 따라 여기에 머무르고 있는 것이 아니라, 하늘에 사는 신들을 불쾌하게 했음에 틀림없습니다. 그러니 저에게 말해주십시오. 왜냐하면 신들은 모든 것을 아니까요. 어떤 불멸의 존재가 이런 식으로 저를 방해하고 있는지, 그리고 제가 바다를 항해하여 저의 집에 도달할 수 있는 방법을 저에게도 말해주십시오.' '이방인이여,' 그녀가 대답했습니다. '제가 모든 것을 당신에게 아주 명확하게 만들어주겠습니다. 여기 바다 아래에 사는 늙은 불멸의 존재가 있습니다. 그의 이름은 프로테우스입니다. 그는 이집트인이고, 사람들이 그가 저의 아버지라고 말합니다. 그는 포세이돈의 최고 실세이고 바다의 바닥 전체를 한 치의 땅도 모르는 곳이 없습니다. 만약 당신이 그를 올가미에 걸어 단단히 붙잡을 수 있다면, 그는 당신에게 당신의 항해에 대해, 당신이 취해야 할 항로들에 대해, 그리고 당신이 어떻게 바다를 항해하여 당신의 집에 도달할 수 있는지 말해줄 것입니다. 그가 당신이 원하는 대로 당신이 오랫동안 그리고 위험한 여행을 하는 동안 당신의 집에서 무슨 일이 일어나고 있었는지, 좋은 일이든 나쁜 일이든 모든 것을 말해줄 것입니다.'"

"제가 말했습니다. '당신이 저에게 어떤 계략을 보여줄 수 있습니까, 그가 의심하고 저를 발견하지 못하게 이 늙은 신을 제가 잡을 수 있는? 왜냐하면 신은 쉽게 잡히지 않으니까요—필멸의 인간에게는 아닙니다.'"

"'이방인이여,' 그녀가 말했습니다. '제가 모든 것을 당신에게 아주 명확하게 만들어주겠습니다. 태양이 한낮에 이를 때쯤, 바다의 늙은이가 물결 아래에서 올라옵니다. 그의 머리 위로 물을 털어내는 서풍에 의해 그가 나타나면서 말입니다. 그가 올라오자마자, 그는 누워서 커다란 바다 동굴에서 잠에 듭니다. 그곳에는 바다표범들—그들이 부르는 할로쉬드네의 닭들—도 회색 바다에서 올라와 그 주위로 떼를 지어 잠에 듭니다. 그리고 그들은 매우 강하고 물고기 같은 냄새를 그들과 함께 가져옵니다. 내일 아침 일찍 제가 당신을 이 장소로 데려가 당신을 매복에 눕게 하겠습니다. 그러므로 당신의 함대에서 당신이 가장 신뢰할 수 있는 세 명의 가장 훌륭한 사람들을 고르십시오. 그리고 제가 늙은이가 당신에게 할 모든 속임수들을 말해주겠습니다.'"

"먼저 그는 그의 모든 바다표범들을 살펴보고 그들을 셀 것입니다. 그런 다음 그가 그들을 보고 다섯 손가락 위에서 그들의 수를 세었을 때, 그는 양치기가 그의 양들 사이에서 잠들듯이 그들 사이에서 잠들 것입니다. 당신이 그가 잠든 것을 보는 순간, 그를 움켜쥐십시오. 당신의 모든 힘을 내어 그를 단단히 붙잡으십시오. 왜냐하면 그는 당신에게서 벗어나기 위해 그의 최선을 다 할 것이기 때문입니다. 그는 스스로를 땅 위로 가는 모든 종류의 피조물로 바꿀 것이고, 불과 물 둘 다가 될 것입니다. 그러나 당신은 그를 단단히 붙잡고, 그가 당신에게 이야기하기 시작하고 당신이 그가 잠드는 것을 보았을 때의 그가 그랬던 것으로 돌아올 때까지 더 단단히 그를 움켜쥐어야 합니다. 그런 다음 당신은 붙잡음을 느슨하게 하고 그를 보내줄 수 있습니다. 그리고 그에게 어떤 신이 당신에게 화가 났는지, 그리고 바다 위로 당신의 집에 도달하기 위해 무엇을 해야 하는지 물을 수 있습니다."

"이렇게 말하고 그녀는 파도 아래로 뛰어들었고,

그 결과 저는 저의 배들이 해변에 정렬되어 있는 장소로 돌아갔습니다. 그리고 저의 심장은 제가 따라가는 동안 걱정으로 흐려져 있었습니다. 제가 저의 배에 도착했을 때, 우리는 저녁 식사를 준비했고, 밤이 찾아오고 있었으므로 해변 위에 야영했습니다."

"새벽이 되자 저는 제가 모든 종류의 용맹함에서 가장 신뢰할 수 있었던 세 명의 사람들을 데리고 하늘에 진심으로 기도하며 바닷가를 따라갔습니다. 그동안 그 여신은 저를 위해 바다 바닥에서 네 개의 바다표범 가죽들을 가져왔습니다. 모두 막 벗겨진 것들이었고, 그녀는 그녀의 아버지에게 속임수를 쓰려 했습니다. 그런 다음 그녀는 우리가 누울 네 개의 구덩이를 파고, 우리가 올라올 때까지 앉아서 기다렸습니다.

우리가 그녀에게 가까이 있었을 때, 그녀는 우리에게 차례로 구덩이에 눕게 하고, 우리 각자 위에 바다표범 가죽을 던져주었습니다. 우리의 매복은 참을 수 없었을 것입니다. 왜냐하면 물고기 같은 바다표범들의 악취가 가장 괴로웠기 때문입니다—만약 그가 그것을 피할 수 있었다면 누가 바다 괴물과 함께 침대에 들어가겠습니까? 그러나—여기에서도 그 여신이 우리를 도왔고, 우리에게 큰 안도를 주는 어떤 것을 생각했습니다. 그녀는 우리 각자의 콧구멍 아래에 암브로시아를 놓았는데, 그것은 너무나 향기로워서 바다표범들의 냄새를 죽였습니다."

"우리는 온 아침을 기다렸고, 그것을 최대한 활용하여 수백 마리의 바다표범들이 해변 위에서 햇볕을 쬐기 위해 올라오는 것을 지켜보았고,

정오에 바다의 늙은이도 올라왔습니다. 그리고 그가 그의 살찐 바다표범들을 찾았을 때, 그는 그들 위를 지나가며 그들을 세었습니다. 우리는 그가 세었던 첫 번째 바다표범들 중 일부였고, 그는 어떤 속임수도 의심하지 않았지만, 그가 세는 것을 마치자마자 누워 잠에 들었습니다. 그런 다음 우리는 함성으로 그에게 돌진하고 그를 붙잡았습니다. 그 결과 그는 즉시 그의 옛 속임수들을 시작했고, 먼저 거대한 갈기를 가진 사자로 스스로를 바꾸었습니다. 그런 다음 갑자기 그는 용, 표범, 멧돼지가 되었습니다. 다음 순간 그는 흐르는 물이 되었고, 그런 다음 다시 즉시 나무가 되었습니다. 그러나 우리는 그에게 달라붙어 놓지 않았고, 마침내 그 교활한 늙은 피조물은 고통스러워하며 말했습니다.

'아트레우스의 아들이여, 어떤 신이 당신과 함께 나를 올가미에 걸고 나의 의지에 반하여 나를 붙잡기 위해 이 음모를 꾸몄는가? 당신은 무엇을 원하는가?'"

"'당신 자신도 그것을 압니다, 늙은이여,' 제가 대답했습니다. '당신은 저를 떨쳐내려 노력함으로써 아무것도 얻지 못할 것입니다. 그것은 제가 이 섬에 그토록 오랫동안 붙잡혀 있었기 때문이고, 제가 벗어날 수 있는 어떤 신호도 보지 못하기 때문입니다. 저는 모든 용기를 잃고 있습니다. 그러니 저에게 말해주십시오. 왜냐하면 당신들 신들은 모든 것을 아니까요. 어떤 불멸의 존재가 저를 이런 식으로 방해하고 있는지, 그리고 제가 어떻게 바다를 항해하여 저의 집에 도달할 수 있는지 저에게도 말해주십시오.'"

"그러면," 그가 말했다. "만약 당신이 당신의 항해를 마치고 빠르게 집에 돌아가고 싶다면, 당신은 승선하기 전에 제우스와 나머지 신들에게 희생 제물들을 바쳐야 합니다. 왜냐하면 당신의 친구들에게 그리고 당신 자신의 집에 돌아가지 못하도록 결정되어 있으니, 당신이 하늘 먹이는 이집트의 흐름으로 돌아가서 불멸의 신들에게 성스러운 헤카톰들을 바칠 때까지 말입니다. 당신이 이것을 했을 때, 그들은 당신이 당신의 항해를 마치도록 허용할 것입니다."

"저는 제가 그 길고 끔찍한 항해를 다시 이집트로 가야 한다는 것을 들었을 때 마음이 찢어졌습니다. 그럼에도 불구하고, 저는 대답했습니다. '늙은이여, 당신이 저에게 명령한 모든 것을 제가 하겠습니다. 그러나 이제 저에게 말해주십시오. 그리고 진실을 말해주십시오. 네스토르와 제가 트로이에서 항해했을 때 우리 뒤에 남겨두었던 모든 아카이아인들이 안전하게 집에 돌아왔는지 혹은, 그들 중 어떤 사람이 그의 자신의 배 안에서나 그의 친구들 사이에서 그의 싸움의 날들이 끝났을 때 나쁜 끝을 맞았는지.'"

"아트레우스의 아들이여," 그가 대답했다. "왜 저에게 묻습니까? 제가 당신에게 말해줄 수 있는 것을 당신이 알지 않는 것이 더 나을 것입니다. 왜냐하면 당신이 저의 이야기를 들었을 때 당신의 두 눈에 눈물이 가득 채워질 것이기 때문입니다. 당신이 묻는 그 사람들 중 많은 이들이 죽고 사라졌습니다. 그러나 많은 이들이 여전히 남아 있습니다. 그리고 아카이아인들 중 주요한 사람들 중 단 두 명만이 그들의 귀향 동안 멸망했습니다.

전투 들판에서 일어났던 일에 대해서는 당신 자신이 거기에 있었습니다. 세 번째 아카이아인 지도자는 아직 바다에 있고 살아 있지만, 돌아오는 것이 방해받고 있습니다. 아이아스는 난파되었으니, 포세이돈이 그를 쥐라이의 큰 바위들 위로 몰아붙였습니다. 그럼에도 불구하고, 그는 그가 물 밖으로 안전하게 나오도록 허용했고, 아테나의 모든 증오에도 불구하고 그는 죽음을 피했을 것입니다. 만약 그가 허풍을 떨며 스스로를 파멸시키지 않았더라면 말입니다. 그는 신들이 그들이 그렇게 하려고 시도했더라도 자신을 익사시킬 수 없었을 것이라고 말했고, 포세이돈이 이 큰 이야기를 들었을 때, 그는 삼지창을 근육질 손들로 움켜쥐고 쥐라이의 바위를 두 조각으로 쪼갰습니다. 그 기초는 그가 있던 곳에 남아 있었지만, 아이아스가 앉아 있던 부분은 머리부터 바다 속으로 떨어져 아이아스를 그것과 함께 날아가 바다에 떨어졌습니다. 그래서 그는 짠물을 마시고 익사했습니다."

"당신의 형제 아가멤논과 그의 배들은 탈출했으니, 헤라가 그를 보호했기 때문입니다. 그러나 그가 말레아의 높은 곳에 막 도달하려 했을 때, 그는 그의 뜻에 반하여 바다로 다시 그를 나르는 강한 돌풍에 붙잡혔고, 티에스테스가 살았던 곳으로 그를 몰아붙였습니다. 그러나 그때까지 아이기스투스가 살아 있었습니다. 이윽고 그가 결국 안전하게 돌아올 것처럼 보였습니다. 왜냐하면 신들이 바람을 그것의 옛 방향으로 돌려놓았고, 그들은 집에 도착했기 때문입니다. 그 결과 아가멤논은 그의 고향 흙에 입 맞추고, 그의 자신의 나라에 있는 자신을 발견한 기쁨의 눈물들을 흘렸습니다."

"이제 아이기스투스가 항상 보초를 서게 했던 한 보초병이 있었습니다. 그리고 그에게 그는 황금 두 달란트를 약속했습니다. 이 남자는 아가멤논이 그에게서 몰래 빠져나가 전쟁을 준비하지 않는지 확실히 하기 위해 온 한 해 동안 지켜보고 있었습니다. 그러므로 이 남자가 아가멤논이 지나가는 것을 보았을 때, 가서 아이기스투스에게 말해주었고, 그는 즉시 음모를 꾸미기 시작했습니다. 그는 가장 용감한 용사들 스무 명을 골라 회랑의 한쪽에 매복에 놓았고, 반대쪽에는 잔치를 준비했습니다. 그런 다음 그는 전차들과 기마병들을 아가멤논에게 보냈고, 그를 잔치로 초대했습니다. 그러나 그는 비열한 계략을 의도했습니다. 그는 그를 거기에 데려갔고, 그를 기다리고 있던 운명을 전혀 의심하지 않았습니다. 그리고 잔치가 끝났을 때 도살장에서 소를 도살하듯이 그를 죽였습니다. 아가멤논의 추종자들 중 한 명도 살아남지 않았고, 아이기스투스의 추종자들 중 어떤 한 명도 마찬가지였습니다. 그렇게 그들은 모두 거기 회랑에서 죽임을 당했습니다.'

"프로테우스가 이렇게 말했고, 저는 그 이야기를 들었을 때 마음이 찢어졌습니다. 저는 모래 위에 앉아 울었습니다. 더 이상 살거나 태양의 빛을 바라보는 것을 견딜 수 없을 것처럼 느꼈습니다. 한참을 땅 위에서 몸부림치며 울었을 때, 바다의 늙은이가 말했습니다. '아트레우스의 아들이여, 그렇게 쓰라리게 우는 데 더 이상 시간을 낭비하지 마십시오. 그것은 어떤 식으로든 도움이 되지 않습니다. 당신이 할 수 있는 한 가장 빠르게 집으로 가는 길을 찾으십시오. 왜냐하면 아이기스투스가 아직 살아 있을지도 모르니까요. 그리고 비록 오레스테스가 그를 죽이는 데 당신보다 먼저 있었더라도, 당신은 아직 그의 장례식에 참석할 수 있습니다.'"

"이것에 저는 저의 모든 슬픔에도 불구하고 위안을 얻었고 말했습니다. '그렇다면, 저는 이 두 사람에 대해 알았습니다. 그러니 저에게 말해주십시오. 그리고 당신이 말했던 세 번째 사람에 대해 말해주십시오. 그는 아직 살아 있지만 바다에 있고, 집에 갈 수 없는 상태입니까? 혹은 그는 죽었습니까? 저에게 말해주십시오. 그것이 저를 아무리 슬프게 할지라도.'"

"세 번째 사람은," 그가 대답했다. "이타카에 사는 오디세우스입니다. 저는 그가 님프 칼립소의 집에서 쓰라리게 슬퍼하고 있는 것을 봅니다. 그녀는 그를 포로로 붙잡아두고 있고, 그는 바다 건너로 데려다 줄 배들이나 선원들이 없으므로 그의 집에 갈 수 없습니다. 당신 자신의 결말에 대해서는, 메넬라우스, 당신은 아르고스에서 죽지 않을 것입니다. 그러나 신들은 당신을 세상의 끝에 있는 엘뤼시온 평원으로 데려갈 것입니다. 거기서는 금발의 라다만투스가 통치하고 사람들은 세상의 다른 어떤 곳보다 더 쉬운 삶을 삽니다. 왜냐하면 엘뤼시온에는 비도, 우박도, 눈도 내리지 않고, 오케아누스가 항상 바다에서 부드럽게 노래하는 서풍과 함께 숨 쉬고 모든 사람들에게 신선한 삶을 주기 때문입니다. 이것은 당신이

헬레나와 결혼했으므로, 그리고 제우스의
사위이므로 당신에게 일어날 것입니다."
 "그가 말하자, 그는 파도 아래로 뛰어들었고, 그
결과 저는 저의 동료들과 함께 배들로
돌아갔습니다. 그리고 저의 심장은 제가 따라가는
동안 걱정으로 흐려져 있었습니다. 우리가 배들에
도착했을 때, 우리는 저녁 식사를 준비했고, 밤이
찾아오고 있었으므로 해변 위에 야영했습니다.
새벽이 되자, 우리는 우리의 배들을 물에 띄우고,
그들 안에 우리의 돛대들과 돛들을 놓았습니다.
그런 다음 배에 올라타고, 벤치 위에 자리들을 잡고
노들로 회색 바다를 쳤습니다. 저는 다시 저의
배들을 하늘이 먹이는 이집트의 흐름에
주둔시켰고, 완전하고 충분한 헤카톰들을
바쳤습니다. 제가 이렇게 하늘의 분노를 달래자,

저는 아가멤논의 기억을 위해 무덤을 세워 그의 이름이 영원히 살게 했습니다. 그 후 저는 집으로 빠른 항해를 했습니다. 왜냐하면 신들이 저에게 순풍을 보냈기 때문입니다."

"그리고 이제 당신 자신에 대해서 말하자면 여기서 10일이나 12일 동안 더 머무르십시오. 그러면 제가 당신을 당신의 길로 서두르게 할 것입니다. 저는 당신에게 전차와 말 세 마리의 고귀한 선물을 만들 것입니다. 저는 또한 당신에게 아름다운 잔을 줄 것입니다. 그래서 당신이 사는 동안 불멸의 신들에게 제주를 바칠 때마다 저를 생각할 수 있도록 말입니다."

"아트레우스의 아들이여," 텔레마코스가 대답했다. "저에게 더 오래 머무르라고 압박하지 마십시오. 저는 당신과 함께 또 다른 12개월 동안 머무르는 것에 만족할 것입니다. 저는 당신의 대화가 너무나 즐거워서 단 한 번도 저의 부모님들과 함께 집으로 돌아가고 싶어 하지 않을 것입니다. 그러나 제가 필로스에 남겨둔 저의 선원들은 이미 참을성이 없고, 당신은 저를 그들로부터 붙잡아두고 있습니다. 당신이 저에게 주려고 마음먹은 어떤 선물에 대해 말하자면, 저는 그것이 한 조각의 접시였으면 좋겠습니다. 저는 이타카로 말들을 가지고 돌아가지 않을 것입니다. 대신 그들을 당신의 마구간들을 장식하도록 남겨둘 것입니다. 왜냐하면 당신은 당신의 왕국에서 연꽃이 번성하는 초원—달콤함과 밀과 보리 그리고 그들의 하얗고 펼쳐진 귀들을 가진 귀리도 번성하는 많은 평평한 땅을 가지고 있기 때문입니다. 반면에 이타카는 열린 들판들이나

경주 코스들이 없고, 그 시골은 말들보다는
염소들에게 더 적합합니다. 그러나 저는 그 때문에
그것을 더 좋아합니다."

 메넬라우스는 미소 지었고, 텔레마코스의 손을
잡았다. "당신이 말하는 것은," 그가 말했다.
"당신이 좋은 가문 출신이라는 것을 보여줍니다.
저는 당신을 위해 이 교환을 할 것입니다. 제가
당신에게 저의 집에서 가장 훌륭하고 소중한
조각의 접시를 줌으로써 말입니다. 그것은
헤파이스토스 자신의 손으로 만든 순수한 은으로
된 와인 섞는 그릇입니다. 그것은 가장자리를
제외하고 금으로 상감되어 있습니다. 시돈인들의
왕인 파이디무스가 제가 귀향 항해에서 그곳으로
갔을 때 그에게 했던 방문 동안 그것을 저에게
주었습니다. 저는 당신에게 그것을 선물로 만들

것입니다."

 이렇게 그들이 대화하는 동안, 손님들이 왕의 집으로 계속 왔다. 그들은 양들과 와인을 가져왔고, 그들의 아내들은 그들이 가져갈 빵을 준비해 주었다. 그래서 그들은 안마당에서 그들의 저녁 식사들을 요리하느라 바빴다.

텔레마코스를 향한 구혼자들의 음모

 그동안 구혼자들은 오디세우스의 집 앞의 평평해진 땅에서 원반을 던지거나 창으로 목표물을 겨냥하고 있었고, 그들의 옛 오만한 모습으로 행동하고 있었다. 안티노우스와 에우뤼마코스는 그들의 주동자이고 그들 모두 중에서 훨씬 가장 앞에 있었는데, 노에몬의 아들 프론리우스가 다가와 안티노우스에게 말했을 때 함께 앉아 있었다.

"안티노우스, 텔레마코스가 필로스에서 돌아오는 날에 대비해 우리가 어떤 아이디어를 가지고 있습니까? 그가 저의 배 한 척을 가지고 있는데, 저는 엘리스로 건너가기 위해 그것을 원합니다. 저는 거기서 길들여지지 않은 일 년 된 노새 새끼들을 옆에 둔 열두 마리의 어미 말들을 가지고 있고, 저는 그들 중 한 마리를 여기로 데려와 길들이고 싶습니다."

그들은 이것을 들었을 때 놀랐으니, 왜냐하면 그들은 텔레마코스가 넬레우스의 도시로 가지 않았다고 확신했기 때문이다. 그들은 그가 단지 농장들 어딘가에 혹은, 양들 혹은 돼지 치는 사람들과 함께 있었다고 생각했으니, 그래서 안티노우스가 말했다. "머선129? (무슨 일이고?) 그는? 언제 갔습니까? 저에게 진실을 말해주십시오. 그리고 그가 어떤 젊은이들을 그와 함께 데려갔습니까? 그들은 자유인이었습니까? 혹은 그 자신의 속박된 사람이었습니까? 그는 그것도 관리할 수도 있었으니 말입니다. 또한 저에게 진실을 말해주십시오. 그가 당신에게 요청했기 때문에 당신 자신의 자유로운 의지로 그에게 배를 빌려주었습니까? 혹은 그는 당신의 허락 없이 그것을 가져갔습니까?"

"제가 그에게 빌려주었습니다." 노에몬이 대답했다. "그의 위치에 있는 한 사람이 곤경에 처했고 저에게 그에게 호의를 베풀어달라고 요청했을 때, 제가 달리 무엇을 할 수 있었겠습니까? 저는 도저히 거절할 수 없었습니다. 그와 함께 갔던 사람들에 대해서 말하자면 그들은 우리가 가진 가장 좋은 젊은이들이었고, 저는 멘토르가 선장으로 배에 올라타는 것을 보았습니다. 혹은 그와 똑같이 생긴 어떤 신을 말입니다. 저는 그것을 이해할 수 없습니다. 왜냐하면 저는 어제 아침에 여기서 멘토르 자신을 보았고, 그러나 그는 그때 필로스로 출발하고 있었으니까요."

노에몬은 그런 다음 그의 아버지의 집으로 돌아갔지만, 안티노우스와 에우뤼마코스는 매우 화가 났다. 그들은 다른 사람들에게 노는 것을 그만두고, 그들 자신과 함께 와서 앉으라고 말했다. 그들이 왔을 때, 에우페이테스의 아들 안티노우스가 분노 속에 말했다. 그의 심장은 분노로 타올랐고, 그의 눈들은 그가 말할 때 불꽃을 섬광으로 내뿜었다.

"맙소사! 이 텔레마코스의 항해는 매우 심각한 문제입니다. 우리는 그것이 아무것도 아닐 것이라고 확신했었는데, 그러나 그 젊은 친구가 우리가 있음에도 불구하고 엄선된 선원들과 함께 탈출했습니다. 그는 현재 우리에게 문제를 줄 것입니다. 제우스는 그가 완전히 성장하기 전에 그를 데려가기를 바랍니다. 그러니 저를 위해 배 한 척과 20명의 선원들을 찾아주십시오. 그러면 저는 이타카와 사모스 사이의 해협들에서 그를 기다리고 있겠습니다. 그러면 그는 그의 아버지의 소식을 얻으려 출발했던 그날을 후회할 것입니다. 킹받네!"

이렇게 그는 말했고, 다른 사람들은 그의 말에

박수를 보냈다. 그들은 그런 다음 그들 모두 건물들 안으로 들어갔다.

 오래지 않아 페넬로페가 구혼자들이 무엇을 꾸미고 있는지 알게 되었다. 왜냐하면 하인 메돈이 바깥마당 밖에서 그들이 안에서 계획을 짜고 있을 때 그것을 엿들었고, 그의 여주인에게 말하러 갔기 때문이다. 그녀가 방의 문턱을 건널 때, 페넬로페가 말했다. "메돈, 구혼자들이 당신을 무엇 때문에 여기로 보냈습니까? 그들의 주인의 일을 그만두고 그들을 위해 저녁 식사를 요리하라고 하녀들에게 말하기 위함입니까? 저는 그들이 이제부터 구애하지도, 식사하지도 않기를 바랍니다. 여기서도, 다른 어떤 곳에서도. 그러나 이것이 저들이 저의 아들의 재산을 낭비하는 마지막 시간이 되게 하십시오. 당신들이 어렸을 때,

당신들의 아버지들이 얼마나 선량한 오디세우스였는지 말해주지 않았습니까? 어떤 고압적인 행동도 하지 않고 어떤 사람에게도 거칠게 말하지 않았다는 것을. 왕들은 때때로 말들을 할 수도 있고, 그들은 한 사람에게 호감을 가지고 다른 사람을 싫어할 수도 있지만, 오디세우스는 어떤 사람에게도 불의한 행동을 한 적이 없습니다. 이것은 당신들이 어떤 나쁜 심장들을 가지고 있는지, 그리고 이 세상에 감사라는 것이 남아 있지 않다는 것을 보여줍니다."

그러자 메돈이 말했다. "저는, 바랍니다, 부인, 이것이 전부였기를 바랍니다. 그러나 그들은 이제 훨씬 더 끔찍한 것을 꾸미고 있습니다. 하늘이 그들의 구상을 좌절시키기를 바랍니다. 그들은 텔레마코스가 필로스와 라케다이몬에서 집으로

돌아올 때 그를 살해하려 시도할 것입니다. 그는
그의 아버지의 소식을 얻기 위해 거기에 갔습니다."

그러자 페넬로페의 심장은 그녀 안에서
가라앉았고, 오랫동안 그녀는 말문이 막혔다.
그녀의 눈들은 눈물들로 가득 찼고, 그녀는 어떤
말도 찾을 수 없었다. 그러나 마침내 그녀가
말했다. "왜 아들이 저를 떠났습니까? 그가 긴
항해를 하는 배들을 타고 떠나야 할 무슨 일이
있었습니까? 그는 그의 이름을 유지할 어떤 사람도
남기지 않고 죽고 싶어합니까?"

"저는 알지 못합니다." 메돈이 대답했다. "어떤
신이 그를 그렇게 하도록 부추겼는지 혹은, 그가
그의 아버지가 죽었는지 혹은, 살아 있고 집에 오는
길에 있는지 알아볼 수 있는지 보기 위해 그 자신의
충동으로 갔는지 말입니다."

그런 다음 그는 다시 아래층으로 갔고, 페넬로페를 고뇌의 고통 속에 남겨두었다. 집에는 많은 자리들이 있었지만, 그녀는 그들 중 어떤 것에 앉을 마음도 없었다. 그녀는 오직 그녀의 방의 바닥에 몸을 던지고 울 수밖에 없었다. 그 결과 집안의 모든 하녀들이, 모두 그녀 주위로 모여 울기 시작했고, 마침내 슬픔의 황홀경 속에서 그녀가 외쳤다.

"나의 소중한 이들아, 하늘은 저의 나이와 나라의 다른 어떤 여자보다 더 많은 고통으로 저를 시험하기를 기뻐했습니다. 먼저 저는 저의 용감한 사자의 심장을 가진 남편을 잃었습니다. 그는 하늘 아래 모든 좋은 자질들을 가졌고, 그의 이름은 모든 헬라스와 중간 아르고스 위로 위대했습니다. 그리고 이제 저의 사랑하는 아들이 바람과

파도들의 자비에 놓여 있습니다. 제가 그가 집을
떠난 것에 대해 단 한 마디도 듣지 못했음에도
불구하고 말입니다. 당신들 모두 그가 출발하고
있었다는 것을 잘 알았음에도 불구하고, 저를 저의
침대에서 부를 생각을 한 사람이 한 명도
없었습니다. 만약 제가 그가 이 항해를 하려고
했다는 것을 알았더라면, 그가 그것에 대해 아무리
마음을 굳혔더라도, 그는 그것을 포기했어야 했을
것입니다. 혹은 저를 그 뒤에 시신으로 남겨두었을
것입니다. 이 둘 중 하나입니다. 그러나 이제
당신들 중 몇몇은 가서 저의 결혼 때 저의 아버지에
의해 저에게 주어진 저의 정원사인 늙은
돌리우스를 부르십시오. 그에게 즉시 가서 모든
것을 라에르테스에게 말하라고 명령하십시오.
그는 우리 자신의 종족과 오디세우스의 종족을

근절하려 하는 자들에 맞서, 우리 편에 공공의 동정심을 얻기 위한 어떤 계획을 생각해낼 수 있을지도 모릅니다."

그러자 사랑스러운 늙은 유모 에우뤼클레이아가 말했다. "부인, 당신이 원하는 대로 저를 죽이거나 혹은 당신의 집에서 저를 계속 살게 하십시오. 그러나 저는 당신에게 진짜 진실을 말할 것입니다. 저는 그 모든 것에 대해 알았고, 그에게 빵과 와인에 관하여 그가 원했던 모든 것을 주었습니다. 그러나 그는 저에게 약 10일이나 12일 동안 당신에게 아무것도 말하지 않겠다고 엄숙한 맹세를 하도록 만들었습니다. 당신이 묻거나 그가 갔다는 것을 우연히 듣지 않는다면 말입니다. 그는 당신이 우는 것으로 당신의 아름다움을 망치기를 원하지 않았기 때문입니다. 그리고 이제, 부인,

당신의 얼굴을 씻고 당신의 드레스를 바꾸고, 당신의 하녀들과 함께 위층으로 가서 제우스의 딸 아테나에게 기도를 올리십시오. 왜냐하면 그녀는 그가 죽음의 문턱에 있을지라도 그를 구원할 수 있기 때문입니다. 라에르테스를 괴롭히지 마십시오. 그는 이미 충분한 문제를 가지고 있습니다. 게다가 저는 신들이 아르케이시우스의 아들의 종족을 그렇게 많이 미워한다고 생각할 수 없습니다. 그러나 그의 뒤에 어떤 아들이 남아 그 집과 그 주위에 멀리 누워 있는 아름다운 들판들을 모두 상속받을 것입니다."

이 말들로 그녀는 여주인이 우는 것을 멈추게 했고, 그녀의 눈들에서 눈물들을 말렸다. 페넬로페는 얼굴을 씻고 드레스를 바꾸고 하녀들과 함께 위층으로 갔다. 그녀는 그런 다음 약간의 으깬 보리를 바구니에 넣고 아테나에게 기도하기 시작했다.

"저를 들으십시오," 그녀가 외쳤다. "제우스의 딸이여, 지칠 줄 모르는 자여! 만약 오디세우스가 여기 있는 동안 당신에게 양이나 암소의 살찐 넓적다리 뼈들을 태운 적이 있다면, 이제 그것을 저의 편에 서서 명심하고 저의 사랑하는 아들을 구혼자들의 악당 같은 행동들로부터 구원해주십시오."

그녀는 말할 때 크게 울었고, 여신은 그녀의 기도를 들었다. 그동안 구혼자들은 회랑 전체에서 소란스러웠고, 그들 중 한 명이 말했다.

"페넬로페는 우리 중 한 명과의 결혼을 준비하고 있다. 그녀의 아들이 이제 죽도록 운명 지어졌다는 것을 그녀는 꿈에도 생각하지 못한다. 웃안웃

(웃긴데 안 웃겨)이네."

이것이 그들이 말했던 것이었지만, 그들은 무슨 일이 일어나려는지 알지 못했다. 그런 다음 안티노우스가 말했다. "동료들아, 시끄럽게 이야기하지 마라. 그들 중 일부가 안으로 전달될 수도 있으니, 우리 일어나서 우리가 모두 한마음인 것에 대해 침묵 속에 하도록 합시다. 알잘딱깔센하게 처리하자."

그는 그런 다음 스무 명의 사람들을 선택했고, 그들의 배와 바닷가로 내려갔다. 그들은 배를 물에 띄우고 돛대와 돛들을 안에 넣었다. 그들은 뒤틀린 가죽 끈들로 노들을 핀에 묶었고, 모두 제때에 하얀 돛들을 높이 펼쳤다. 그들의 훌륭한 하인들이 그들에게 갑옷을 가져왔다. 그런 다음 그들은 배를 약간 멀리 고정하고 다시 해변에 와서 저녁 식사를 얻고 밤이 찾아올 때까지 기다렸다.

그러나 페넬로페는 그녀의 2층 방에 누워 먹거나 마실 수 없었고, 그녀의 용감한 아들이 탈출할지 혹은 사악한 구혼자들에게 압도될지 궁금해했다. 모든 면에서 그녀를 둘러싸고 있는 사냥꾼들이 있는 올가미에 잡힌 암사자처럼 그녀는 생각하고 또 생각했다. 마침내 그녀는 잠에 들었고, 생각과 움직임이 없는 채로 그녀의 침대에 누웠다.

그런 다음 아테나가 다른 문제에 대해 생각했고, 페넬로페의 누이인 이프티메(우멜루스와 결혼하고 페라이에 살았던 이카리우스의 딸)의 모습으로 환상을 만들었다. 그녀는 그 환상에게 오디세우스의 집으로 가서 페넬로페에게 우는 것을 그만두라고 말하라고 했다. 그래서 그 환영은 그녀의 방으로 끈이 문을 당기기 위해 들어가는 구멍을 통해 들어왔고, 그녀의 머리 위로 맴돌며 말했다.

"당신은 잠들었군요, 페넬로페. 편안하게 사는 신들은 당신이 그렇게 슬퍼하고 우는 것을 허용하지 않을 것입니다. 당신의 아들은 그들에게 어떤 잘못도 하지 않았으니, 그는 반드시 당신에게 돌아올 것입니다."

꿈의 나라의 문들에서 달콤하게 잠자고 있던 페넬로페가 대답했습니다. "누이여, 왜 당신은 여기에 왔습니까? 당신은 그리 자주 오지 않습니다만, 저는 그것이 당신이 그렇게 멀리 떨어져 살기 때문이라고 가정합니다. 그렇다면 저는 울음을 그치고 저를 고문하는 모든 슬픈 생각들을 삼가야 합니까? 저는 용감하고 사자의 심장을 가진 남편을 잃었고, 그는 하늘 아래 모든 좋은 자질들을 가졌고, 그의 이름이 모든 헬라스와 중간 아르고스에서 위대했던 그를 그립니다. 그리고 이제 저의 사랑하는 아들이 배를 타고 떠났습니다. 거친 것을 겪는 데 익숙하지도 않고, 사람들 무리 사이에서 돌아다니는 데 익숙하지도 않은 어리석은 아이입니다. 저는 저의 남편보다 그에 대해 훨씬 더 불안합니다. 저는 그에게 어떤 일이 일어날까 봐, 그가 갔던 사람들로부터든 혹은 바다에 의해서든 그를 향해 음모를 꾸미고 있고 그가 집으로 돌아오기 전에 그를 죽이려 마음먹은 많은 적들이 있으니 말입니다."

그러자 그 환상이 말했다. "용기를 가지십시오. 그리고 그렇게 많이 당황하지 마십시오. 그와 함께 많은 사람들이 자신의 옆에 서기를 기뻐할 만한 사람이 한 명 갔습니다. 저는 아테나를 말합니다.

당신을 가엾게 여기고 당신에게 이 메시지를
나르기 위해 저를 보낸 것은 바로 그녀입니다."

"그렇다면," 페넬로페가 말했다. "만약 당신이
신이거나 신성한 임무로 여기에 보내졌다면,
저에게 그 다른 불행한 사람에 대해서도
말해주십시오. 그는 아직 살아 있습니까? 혹은
그는 이미 죽어 하데스의 집에 있습니까?"

그리고 그 환상이 말했다. "저는 그가 살아
있는지 죽었는지 확실하게 말하지 않을 것이고,
헛된 대화는 소용없습니다. 알빠노? (내가 알 바
아니다)"

그런 다음 그것은 들어왔던 구멍을 통해
사라졌고, 옅은 공기 속으로 흩어졌다. 그러나
페넬로페는 그녀의 꿈이 너무나 생생했으므로
위로받은 채 상쾌한 기분으로 잠에서 일어났다.

그동안 구혼자들은 배에 올라탔고, 바다 위로 그들의 길을 항해했으며, 텔레마코스를 살해하려 마음먹었다. 이타카와 사모스 사이의 수로 한가운데에 아스테리스라고 불리는 그리 크지 않은 바위투성이 섬이 있고, 배가 정박할 수 있는 양쪽에 항구가 있었다. 여기에 아카이아인들이 스스로를 매복에 놓았다.

5

칼립소 섬을 떠나 폭풍우를 만나다

 티토누스(Tithonus)의 침상 옆에서 새벽이 일어나 필멸자와 불멸자 모두에게 빛을 전하는 전령이 되었을 때, 신들은 회의를 열었다. 천둥의 군주 제우스가 그들 가운데 왕으로 앉아 있었다. 그때 아테나(Minerva)는 멀리 님프 칼립소의 집에서 오디세우스가 겪는 수많은 고통에 대해 이야기하기 시작했다. 그녀는 그를 불쌍히 여겼기 때문이다.

"아버지 제우스," 그녀가 말했다. "그리고 영원한 축복 속에서 사는 당신들 모든 다른 신들이여! 저는 다시는 친절하고 좋은 마음을 가진 통치자나 공정하게 다스릴 통치자가 있기를 바라지 않습니다. 그들이 이제부터 모두 잔인하고 불의하기를 바랍니다. 왜냐하면 그의 신하들 중에서 그들의 아버지처럼 그들을 다스렸던 오디세우스를 잊은 사람이 한 명도 없기 때문입니다. 그는 님프 칼립소가 사는 섬에서 큰 고통 속에 누워 있습니다. 그녀는 그를 가게 하지 않을 것이고, 그는 고향으로 돌아갈 수 없습니다. 그를 바다 건너로 데려다 줄 배들이나 선원들을 찾을 수 없기 때문입니다. 더욱이 사악한 구혼자들이 이제 그의 유일한 아들 텔레마코스를 살해하려 합니다. 그는 그의 아버지의 소식을 얻을 수 있는지 보기 위해 필로스와 라케다이몬에서 집으로 돌아오고 있습니다."

"무슨 말을 하고 있는가, 나의 친애하는 아이야?" 그녀의 아버지가 대답했다. "네가 그를 거기에 보내지 않았는가? 그것이 오디세우스가 집에 돌아오고 구혼자들을 벌하는 데 도움이 될 것이라고 생각했기 때문이 아니었는가? 게다가 너는 텔레마코스를 보호하고 그를 안전하게 다시 집으로 돌려보낼 수 있는 능력이 완벽하다. 한편, 구혼자들은 그를 죽이지 못한 채 허둥지둥 돌아와야 할 것이다."

그가 이렇게 말했을 때, 그는 아들 헤르메스에게 말했다. "헤르메스, 너는 우리의 전령이다. 그러니 가서 칼립소에게 불쌍한 오디세우스가 집에 돌아가기로 우리가 결정했다고 말하라. 그는 신들이나 인간들에 의해 호위받아서는 안 되지만, 위험한 항해 후에 그는 신들과 가까운 친척인 페아키아인들의 풍요로운 땅 스케리아(Scheria)에 도착해야 한다. 그들은 그를 우리 중 한 명인 것처럼 존중할 것이고, 그를 배에 태워 그의 나라로 보낼 것이다. 그리고 그들이 그가 재앙 없이 집에 돌아갈 수 있다면 트로이에서 가져왔을 것보다 더 많은 청동과 황금과 옷들을 줄 것이다. 이것이 그가 그의 나라와 친구들에게 돌아가도록 우리가 정한 방법이다."

이렇게 그는 말했다. 그러자 헤르메스ㅡ 안내자이자 수호자, 아르고스의 살해자(Argus-slayer)ㅡ는 그가 말해진 대로 실행했다. 곧바로 그는 그의 빛나는 황금 샌들을 묶었는데, 그것으로 그는 육지와 바다 위를 바람처럼 날 수 있었다. 그는 그가 원하는 대로 인간들의 눈을 잠 속에 봉하거나 깨우는 지팡이를 잡았고, 그것을 손에 든 채 피에리아(Pieria) 위로 날아갔다. 그런 다음 그는 하늘을 통해 급강하하여 바다의 수평에 이르렀다. 그의 두꺼운 깃털들을 파도 거품 속에 담그고, 바다의 모든 구멍과 구석을 낚시하며 날아다니는 가마우지처럼 파도를 훑고 지나갔다. 그는 많은 힘든 파도들 위로 날고 또 날았지만, 마침내 그가 여행의 끝인 섬에 도착했을 때, 그는 바다를 떠나 육로로 계속 가서 님프 칼립소가 살았던 동굴에 이르렀다.

그는 그녀가 집에 있는 것을 발견했다. 화덕 위에는 큰 불이 타고 있었고, 타는 삼나무와 백단향 나무의 향기로운 냄새를 멀리서도 맡을 수 있었다. 그녀는 베틀에서 바쁘게 일하고 있었고, 그녀의

황금 서틀을 씨실을 통해 쏘아보내며 아름답게
노래했다. 그녀의 동굴 주위에는 두꺼운 오리나무,
포플러 그리고 달콤한 향이 나는 사이프러스
나무들이 있었는데, 그 안에는 올빼미, 매 그리고
물들 속에서 그들의 일을 차지하는 재잘거리는
바다 까마귀들과 같은 온갖 종류의 큰 새들이
둥지를 지었다. 포도들로 가득 찬 포도나무가
동굴의 입 주위로 무성하게 자랐다. 또한 꽤 가깝게
함께 잘려진 수로들 안에 네 개의 흐르는
물줄기들이 있었고, 그것들이 흐르는 제비꽃들과
풍성한 풀들의 침대들을 관개하기 위해 여기저기
돌려져 있었다. 심지어 신도 그런 사랑스러운
장소에 매료되지 않을 수 없었고, 그래서
헤르메스는 조용히 서서 그것을 바라보았다. 그는
충분히 감탄하며 동굴 안으로 들어갔다.

칼립소는 그를 즉시 알아보았다. 신들은 모두 서로를 알았다. 그들이 서로로부터 얼마나 멀리 살든 상관없이. 그러나 오디세우스는 안에 없었다. 그는 평소처럼 해변에 있었으니, 눈에 눈물을 가득 머금고 메마른 바다를 내다보고 신음하며, 슬픔 때문에 그의 심장을 찢고 있었다. 그는 칼립소에게 지쳐 있었고, 비록 그가 밤에 동굴에서 그녀와 함께 자도록 강요받았지만, 그것을 원했던 것은 그가 아니라 그녀였다. 낮 시간에는 바위들과 해변 위에서 울고, 그의 절망을 위해 크게 외치며, 항상 바다를 내다보는 데 보냈다. 칼립소는 그런 다음 그에게 가까이 다가가 말했다.

"헤르메스, 당신은 저를 보러 왔습니까? 존경받고 항상 환영받는 분, 당신은 저를 자주 방문하지 않으니 말입니다. 당신이 원하는 것을 말하십시오. 제가 할 수 있다면 즉시 당신을 위해 그것을 할 것입니다. 물론 그것이 행해질 수 있는 것이라면 말입니다. 그러니 안으로 들어오십시오. 그리고 제가 당신에게 재충전할 것을 놓아드리게 하십시오."

그녀가 말하며 그 옆에 암브로시아로 가득 찬 식탁을 당겨 놓았고, 그에게 약간의 붉은 넥타르를 섞어주었다. 헤르메스는 충분히 만족할 때까지 먹고 마셨고, 그런 다음 말했다.

"우리는 서로에게 말하는 신과 여신입니다. 그리고 당신은 제가 왜 여기에 왔는지 묻고, 제가 당신이 저에게 원하듯이 진실하게 당신에게 말하겠습니다. 제우스가 저를 보냈습니다. 그것은 제가 한 일이 아닙니다. 누가 사람들로 가득 찬 도시들이 저에게 희생 제물들이나 엄선된 헤카톰들을 제공하는 바다 위로 이렇게 먼 길을 오고 싶겠습니까? 그럼에도 불구하고 저는 와야 했습니다. 왜냐하면 우리 다른 신들 중 아무도 제우스를 거스르거나 그의 명령들을 위반할 수 없으니까요. 그는 당신이 여기에 9년 동안 프리아모스 왕의 도시 앞에서 싸웠고, 그것을 약탈한 후 열 번째 해에 집으로 항해했던 그 모든 사람들 중에서 가장 불운한 자를 가지고 있다고 말합니다. 그들이 집으로 가는 길에 그들은 아테나에게 죄를 지었고, 그녀는 그들에게 맞서 바람과 파도를 일으켰습니다. 그래서 그의 모든 용감한 동료들이 멸망했고, 그 자신만이 바람과 조수에 의해 이리로 날라왔습니다. 제우스는 당신이 이 남자를 즉시 보내줘야 한다고 말합니다. 왜냐하면 그가 여기서 자신의 백성들로부터 멀리 떨어져 멸망하지 않고, 그의 집과 나라로 돌아가 그의 친구들을 다시 보게 될 것이라고 결정되었기 때문입니다."

칼립소는 이것을 들었을 때 분노로 떨었다. "킹받네! 당신들 신들은 스스로 부끄러워해야 합니다!" 그녀는 외쳤다. "당신들은 항상 질투하고, 여신이 한 필멸의 남자에게 호감을 가지고 공개적인 혼인 관계에서 그와 사는 것을 보는 것을 싫어합니다. 그래서 장밋빛 손가락을 가진 새벽이 오리온(Orion)과 사랑에 빠졌을 때, 당신들 소중한 신들은 아르테미스가 오르튀기아(Ortygia)에 가서 그를 죽일 때까지 모두 격렬하게 화를 냈습니다. 다시 케레스(Ceres)가 이아시온(Iasion)과 사랑에 빠졌고, 세 번 갈아엎은 휴경지에서 그에게 굴복했을 때에도 마찬가지였습니다. 제우스는

그리 오래 지나지 않아 그것을 들었고, 그의 천둥
벼락들로 이아시온을 죽였습니다. 그리고 이제
당신들은 제가 여기에 한 남자를 가지고 있다고
해서 저에게도 화를 내고 있습니다. 저는 그 불쌍한
피조물이 용골 위에 홀로 앉아 있는 것을
발견했습니다. 제우스가 그의 배를 번개로 쳐서
바다 한가운데에 가라앉혔고, 그래서 그의 모든
선원들이 익사했고, 그 자신은 바람과 파도들에
의해 저의 섬으로 몰아붙여졌기 때문입니다. 저는
그에게 정이 들었고 그를 소중히 여겼습니다.
그리고 그가 모든 날들 동안 결코 늙지 않도록 그를
불멸로 만들기로 저의 마음을 정했습니다. 그러나
저는 제우스를 거스르거나 그의 조언들을
아무것도 아닌 것으로 만들 수 없습니다. 그러므로
만약 그가 그것을 고집한다면, 그 남자를 다시 바다

건너로 가게 하십시오. 그러나 저는 그를 저 자신으로서는 어디로도 보낼 수 없습니다. 왜냐하면 저는 그를 데려다 줄 배나 사람들이 없기 때문입니다. 그럼에도 불구하고, 저는 모든 선의 속에서 그가 안전하게 그의 나라에 도달할 가능성이 있는 그런 조언을 기꺼이 그에게 줄 것입니다."

"그러면 그를 보내주십시오," 헤르메스가 말했다. "그렇지 않으면 제우스가 당신에게 화를 내고 당신을 벌할 것입니다."

이에 그는 작별 인사를 했고, 칼립소는 오디세우스를 찾으러 밖으로 나갔다. 그녀는 제우스의 메시지를 들었기 때문이다. 그녀는 그가 그의 눈들에 항상 눈물들로 가득 찬 채로 해변 위에 앉아 있고, 순전한 향수병으로 죽어가고 있는 것을

발견했다. 칼립소는 그런 다음 그에게 가까이
다가가 말했다.

"나의 불쌍한 친구여! 당신은 더 이상 여기서
슬퍼하고 당신의 삶을 괴롭히지 않을 것입니다.
저는 당신을 나의 자유로운 의지로 보내주려
합니다. 그러니 가십시오. 나무 들보들을 몇 개
자르고, 바다 위로 당신을 안전하게 나를 수 있도록
위 갑판이 있는 큰 뗏목을 만드십시오. 저는 당신이
굶어 죽는 것을 막기 위해 빵, 와인 그리고 물을
배에 실어줄 것입니다. 저는 또한 당신에게 옷들을
줄 것이고, 당신을 집으로 데려다 줄 순풍을 보낼
것입니다. 만약 하늘의 신들이 그것을 원하신다면
말입니다. 왜냐하면 그들은 이 일들에 대해 저보다
더 많이 알고 그것들을 더 잘 정할 수 있기
때문입니다."

오디세우스는 그녀의 말을 듣고 몸을 떨었다. "여신이여," 그가 대답했다. "이 모든 것 뒤에는 무언가가 있습니다. 당신이 저에게 뗏목을 타고 바다로 나가는 것과 같은 그런 끔찍한 일을 하라고 명령할 때, 당신은 정말로 저를 집으로 도우려 하는 것이 아닙니다. 순풍을 가진 잘 만들어진 배조차도 그렇게 먼 항해를 감행할 수 없을 것입니다. 당신이 말하거나 할 수 있는 어떤 것도, 당신이 먼저 저에게 어떤 해악도 의도하지 않는다고 엄숙하게 맹세하지 않는 한, 저를 뗏목에 올라타게 하지 못할 것입니다."

칼립소는 이것에 미소 지었고, 손으로 그를 쓰다듬었다. "당신은 많은 것을 압니다," 그녀가 말했다. "그러나 당신은 여기서 완전히 황폐해졌습니다. 위의 하늘과 아래의 땅, 스틱스 강(Styx)의 물들이 저의 증인들이 되게 하십시오. 그리고 이것은 축복받은 신이 할 수 있는 가장 엄숙한 맹세입니다. 제가 당신에게 어떤 종류의 해악도 의도하지 않고, 당신의 위치에서 제가 저 자신에게 할 것을 정확히 당신에게 조언하고 있을 뿐입니다. 저는 당신에게 아주 솔직하게 대하고 있습니다. 저의 심장은 철로 만들어지지 않았고, 저는 당신을 매우 가엾게 여깁니다."

그녀가 이렇게 말한 뒤, 그의 앞에서 빠르게 길을 이끌었고, 오디세우스가 그녀의 발걸음을 따랐다. 그래서 그 한 쌍, 여신과 남자는 칼립소의 동굴에 도착할 때까지 계속 갔고, 거기서 오디세우스는 헤르메스가 막 떠났던 자리를 차지했다. 칼립소는 그에게 필멸의 인간들이 먹는 음식의 고기와 음료를 놓아주었지만, 그녀의 시녀들은 그녀를 위해 암브로시아와 넥타르를 가져왔고, 그들은 앞에 있는 좋은 것들에 손들을 얹었다. 그들이 고기와 음료로 스스로를 만족시켰을 때, 칼립소가 말했다.

"오디세우스, 라에르테스의 고귀한 아들이여! 그래서 당신은 즉시 당신의 집이 있는 땅으로 출발하고 싶습니까? 행운이 당신과 함께 가기를 바랍니다. 그러나 만약 당신이 자신의 나라로 돌아가기 전에 당신을 위해 준비된 얼마나 많은 고통들이 있는지 알 수만 있다면, 당신은 당신이 있는 곳에 머물고, 저와 함께 집에서 살고, 당신이 당신의 아내를 보기를 아무리 불안해하더라도 제가 당신을 불멸로 만들게 할 것입니다. 당신은 매일 그녀에 대해 생각하고 있지만, 그래도 저는 제가 그녀보다 키나 모습이 조금도 덜하지 않다고 스스로를 만족시킵니다. 필멸의 여인이 불멸의 여인과 아름다움에서 비교될 것으로 기대되지 않기 때문입니다."

"여신이여," 오디세우스가 대답했다. "이것에 대해 저에게 화내지 마십시오. 저는 저의 아내 페넬로페가 당신만큼 그렇게 키가 크거나 그렇게 아름답지 않다는 것을 충분히 알고 있습니다. 그녀는 단지 한 여인인 반면에 당신은 불멸의 존재입니다. 그럼에도 불구하고 저는 집에 가고 싶고 다른 어떤 것도 생각할 수 없습니다. 만약 어떤 신이 제가 바다에 있을 때 저를 난파시킨다면, 저는 그것을 견디고 그것을 최대한 활용하겠습니다. 저는 이미 육지와 바다 둘 다에서 무한한 문제를 겪었으니, 이제 나머지 것들과 함께 가도록 내버려두십시오."

태양이 졌고 어두워졌다. 그 결과 그 한 쌍은 동굴의 안쪽 부분으로 물러가 첫사랑의 풋풋한 설렘을 뒤로하고 잠자리에 들었다.

새벽이 되자 오디세우스는 그의 셔츠와 망토를 입었고, 여신은 가볍고 고운 거미줄 같은 천의 드레스를 입었으니, 매우 곱고 우아했고 그녀의 허리 주위에 아름다운 황금 허리띠와 그녀의 머리를 덮는 베일을 가지고 있었다. 그녀는 즉시 오디세우스를 그의 길로 서두르게 할 방법을 생각하기 시작했다. 그래서 그녀는 그에게 손에 맞는 거대한 청동 도끼를 주었다. 그것은 양쪽이 날카롭게 갈려 있었고, 단단히 끼워진 아름다운 올리브 나무 손잡이를 가지고 있었다. 그녀는 또한 날카로운 쐐기 자루를 주었고, 그런 다음 가장 큰 나무들이 자라는 섬의 가장 먼 끝으로 길을 이끌었다. 오리나무, 포플러 그리고 하늘에 닿는 소나무들은 매우 마르고 잘 건조되어 그를 위해 물 위에서 가볍게 항해하도록 말이다. 그런 다음 그에게 가장 좋은 나무들이 어디에 자라는지 보여준 뒤 그가 그것들을 자르도록 남겨둔채 칼립소는 집으로 갔다. 그는 곧 그 일을 끝냈다. 그는 모두 합쳐 20그루의 나무들을 자르고, 매끄럽게 다듬었고, 좋은 장인처럼 규칙에 따라 사각으로 만들었다. 그동안 칼립소가 몇 개의 나선형 송곳들을 가지고 돌아왔고, 그는 그것들로 구멍들을 뚫고 들보들과 징들로 나무들을 함께 맞추었다. 그는 숙련된 배 만드는 사람이 큰 배의 들보를 만드는 것만큼이나 넓게 뗏목을 만들었고, 갈비뼈들 꼭대기에 갑판을 고정시키고, 그 주위로 배의 난간을 둘렀다. 그는 또한 돛대와 활 날개,

그리고 조종할 키를 만들었다. 그는 파도들에 대한
보호막으로 버드나무로 된 울타리들로 뗏목 주위
전체를 막았고, 그런 다음 많은 양의 목재를 그
위에 던졌다. 이윽고 칼립소가 그에게 돛들을 만들
리넨을 가져왔고, 그는 이것들도 훌륭하게
만들었으니, 버팀줄들과 밧줄들로 그것들을
단단히 고정했다. 마지막으로 지렛대들의
도움으로 뗏목을 물속으로 끌어내렸다.

  나흘 안에 그는 전체 작업을 완성했고, 다섯 번째
날에 칼립소는 그를 씻기고 약간의 깨끗한 옷들을
준 후에 그를 섬에서 보냈다. 그녀는 그에게 검은
와인이 가득 찬 염소 가죽 부대 하나와 더 큰 물
부대 하나를 주었다. 그녀는 또한 그에게 식량이
가득 찬 가방을 주었고, 많은 양의 좋은 고기를
그에게 제공했다. 더욱이 그녀는 그를 위해 바람을

순풍으로 따뜻하게 만들었고, 그는 기쁘게도 그것 앞에서 그의 돛을 펼쳤다. 그동안 그는 앉아서 키의 수단으로 뗏목을 능숙하게 인도했다. 그는 결코 그의 눈들을 감지 않았지만, 그것들을 플레이아데스(Pleiades), 늦게 지는 보오테스(Bootes) 그리고 곰자리에 고정시켰다. 사람들이 수레라고도 부르고, 그것이 있는 곳에서 오리온(Orion)을 향해 뱅글뱅글 돌고, 혼자서 오케아누스(Oceanus)의 흐름 속으로 결코 담그지 않는 그것을 칼립소가 그에게 이것을 그의 왼쪽에 두라고 말했기 때문이다. 그는 바다 위로 열일곱 날 동안 항해했고, 열여덟 번째 날에 페아키아인 해안의 가장 가까운 부분에 있는 산들의 희미한 윤곽들이 나타났으니, 수평선 위로 방패처럼 솟아올랐다.

그러나 에티오피아인들로부터 돌아오고 있던 왕 포세이돈은 솔뤼모이(Solymi)의 산들로부터 멀리서 오디세우스를 엿보았다. 그는 그가 바다 위로 항해하는 것을 볼 수 있었고, 그것은 그를 매우 화나게 만들었으니, 그는 머리를 흔들고 스스로에게 중얼거렸다. "맙소사! 내가 에티오피아에 있는 동안 신들이 오디세우스에 대해 그들의 마음을 바꾸었구나. 그리고 이제 그는 페아키아인들의 땅에 가까이 있다. 거기서 그가 그에게 닥쳤던 재앙들로부터 탈출하도록 결정되었는데, 그럼에도 불구하고 그는 그것을 마치기 전에 아직 많은 고난을 겪어야 할 것이다. 알빠노? (내가 알 바 아니다) 나는 그를 그냥 두지 않을 것이다."

그 위에 그는 그의 구름들을 함께 모았고, 그의

삼지창을 움켜쥐고 바다 속에서 그것을 주위로 휘저었고, 모든 바람들의 분노를 깨웠다. 마침내 땅, 바다 그리고 하늘이 구름 속에 숨겨졌고, 밤이 하늘들로부터 튀어 나왔다. 동, 남, 북 그리고 서풍들이 모두 같은 시간에 그를 덮쳤고, 엄청난 바다가 일어났으니, 오디세우스의 심장이 옥죄며 압박하기 시작했다.

"아아," 그는 그의 당혹감 속에서 스스로에게 말했다. "내가 어떻게 될 것인가? 나는 칼립소가 내 집에 도착하기 전에 바다에서 문제를 겪을 것이라고 말했을 때 그녀가 옳다고 생각은 했으나 그것이 모두 사실이 되고 있다. 제우스가 그의 구름들로 하늘을 얼마나 검게 만들고 있는지, 그리고 바람들이 한 번에 모든 지역들에서 어떤 바다를 일으키고 있는지 보아라. 나는 이제 확실히

멸망할 것이다. 아트레우스의 아들들 때문에
트로이 앞에서 쓰러졌던 다나오스인들은
축복받았고 세 번 축복받았다. 트로이인들이
아킬레우스의 죽은 시신에 대해 나를 그토록
심하게 압박했던 그날 나도 죽었더라면 좋았을
것을! 그랬더라면 나는 장렬한 죽음을 맞이했을
것이고 아카이아인들이 나의 이름을 존중했을
것이기 때문이다. 그러나 이제 가장 비참한 끝을
맞을 것처럼 보인다."

그가 말하는 동안 바다가 그에게 끔찍한 분노로
부서졌고, 뗏목은 다시 비틀거렸으며, 그는 멀리
밖으로 바다에 던져졌다. 그는 키를 놓았고,
허리케인의 힘은 너무나 커서 돛대를 절반으로
부쉈고, 돛과 활 날개 둘 다 바다 속으로 넘어갔다.
오랫동안 오디세우스는 물 아래에 있었고,

칼립소가 그에게 주었던 옷들이 그를 짓눌렀으므로, 다시 표면 위로 올라오는 것이 그가 할 수 있는 전부였다. 마침내 그는 머리를 물 위로 내밀었고, 쓰라린 소금물을 뱉어냈다. 이 모든 것에도 불구하고 그는 뗏목의 위치를 놓치지 않았고, 그가 할 수 있는 한 빠르게 그것을 향해 헤엄쳤고, 결국 그것을 붙잡고 다시 뗏목 위로 올라타 익사하는 것을 피했다. 바다가 뗏목을 잡고, 그것을 가을 바람들이 엉겅퀴 솜털을 길 위에서 빙글빙글 돌릴 때처럼 이리저리 던져버렸다. 그것은 마치 남, 북, 동 그리고 서풍들이 모두 한 번에 그것과 함께 배드민턴을 치고 있는 것과 같았다.

 그가 이런 곤경 속에 있을 때, 카드무스(Ino)의 딸 이노도 그를 보았다. 그녀는 레우코테아(Leucothea)라고도 불렸다. 그녀는 이전에 단지 한 필멸의 인간이었지만, 그 이후로 해양 여신의 지위로 올려졌다. 오디세우스가 이제 어떤 큰 고통 속에 있는지 보고, 그녀는 그를 가엾게 여겼고, 바다 갈매기처럼 파도들로부터 일어나 뗏목 위에 그녀의 자리를 잡았다.

"나의 불쌍한 좋은 사람이여!" 그녀가 말했다. "왜 포세이돈이 당신에게 그렇게 맹렬하게 화가 났습니까? 그는 당신에게 많은 문제를 주고 있지만, 그의 모든 허세에도 불구하고 그는 당신을 죽이지 않을 것입니다. 당신은 분별 있는 사람처럼 보이니, 제가 당신에게 명령하는 대로 하십시오. 옷을 벗고, 당신의 뗏목을 바람 앞에 몰아붙이게 하고, 페아키아인 해안으로 헤엄치십시오. 거기서 더 좋은 운이 당신을 기다립니다. 그리고 여기 저의 베일을 가져가 당신의 가슴 주위에 두르십시오.
그것은 마법에 걸려 있고, 당신이 그것을 착용하는
한 당신은 어떤 해악도 당하지 않을 것입니다.
당신이 육지에 닿자마자, 그것을 벗고 바다 속으로
당신이 할 수 있는 한 멀리 그것을 던져버리고,
그런 다음 다시 가십시오." 이 말들과 함께 그녀는
그녀의 베일을 벗고 그에게 그것을 주었다. 그런
다음 그녀는 바다 갈매기처럼 다시 아래로
뛰어들었고, 검은 푸른 물들 아래로 사라졌다.

   그러나 오디세우스는 무슨 생각을 해야 할지
몰랐다. "아아," 그는 그의 당혹감 속에서
스스로에게 말했다. "이것은 단지 어떤 다른 신들
중 한 명일 뿐이고, 나에게 뗏목을 포기하라고
유혹함으로써 나를 파멸로 유인하고 있다. 어쨌든
나는 현재로서는 그렇게 하지 않을 것이다.

왜냐하면 그녀가 내가 모든 문제들을 끝낼 것이라고 말했던 그 땅은 여전히 꽤 멀리 떨어져 있는 것처럼 보였기 때문이다. 나는 내가 무엇을 할지 안다. 나는 그것이 가장 좋을 것이라고 확신한다. 무슨 일이 일어나든 나는 그것의 나무들이 함께 붙어 있는 한 뗏목에 달라붙어 있겠다. 그러나 바다가 그것을 부쉈을 때, 나는 그것을 위해 헤엄치겠다. 나는 이것보다 더 잘할 수 있는 방법을 알지 못한다."

그가 이렇게 두 마음을 가지고 있는 동안, 포세이돈이 끔찍하게 큰 파도 하나를 보냈으니, 그것은 그의 머리 위로 스스로를 일으켜 세우는 것처럼 보였다. 마침내 그것이 뗏목 위로 부서졌고, 뗏목은 회오리바람에 의해 던져진 마른 겨들의 더미처럼 조각들로 부서졌다. 오디세우스는 한

판자 위로 올라가, 마치 말을 타고 있는 것처럼 그것 위에 올라탔다. 그는 그런 다음 칼립소가 그에게 주었던 옷들을 벗고, 이노의 베일을 그의 팔들 아래에 묶고 바다 속으로 뛰어들었다. 해변으로 헤엄쳐 갈 생각이었다. 왕 포세이돈은 그가 그렇게 하는 것을 지켜보았고, 그의 머리를 흔들며 스스로에게 중얼거리고 말했다. "이제 봐라. 네가 잘사는 사람들과 마주칠 때까지 네가 할 수 있는 한 최선을 다해 헤엄쳐 다녀라. 나는 내가 너를 너무 가볍게 봐주었다고 말할 수 없을 것이라고 생각한다." 이것에 그는 그의 말들을 채찍질했고, 그의 궁전이 있는 아이가이(Aegae)로 몰고 갔다.

 그러나 아테나는 오디세우스를 돕기로 결심했고, 그래서 그녀는 한 바람을 제외하고 모든 바람들의 길들을 묶었고, 그들이 완전히 조용히 누워 있게 했다. 그녀는 북쪽으로부터 오는 좋고 강한 바람을 일으켰으니, 오디세우스가 그가 안전할 페아키아인들의 땅에 도착할 때까지 물결들을 가라앉게 할 바람이었다.

그 결과 그는 이틀 밤낮 동안 물 위에서 떠다녔는데, 바다에는 무거운 물결이 있었고, 죽음이 그의 얼굴을 응시하고 있었다. 그러나 세 번째 날이 밝았을 때, 바람은 가라앉았고, 공기의 숨결도 없이 죽은 듯이 고요했다. 그가 물결 위로 솟아올랐을 때, 그는 열렬하게 앞을 내다보았고, 아주 가까이 육지가 보이는 것을 볼 수 있었다. 그런 다음 아이들이 그들의 사랑하는 아버지가 어떤 화난 정신에 의해 그에게 보내진 심한 고통을 오랫동안 견디다가 나아지기 시작할 때 기뻐하는 것처럼, 그러나 신들이 그를 악으로부터 구원하듯이, 오디세우스도 그가 다시 육지와 나무들을 보았을 때 감사했다. 그리고 그는 다시 한번 마른 땅 위에 발을 디딜 수 있도록 그의 모든 힘으로 헤엄쳐갔다. 그러나 그가 들을 수 있는 곳에 이르렀을 때, 그는 파도 거품이 바위들에 맞서 천둥을 치는 것을 듣기 시작했다. 물결이 아직 끔찍한 포효와 함께 바위들에 부서지고 있었기 때문이다. 모든 것이 물보라에 둘러싸여 있었다. 배가 탈 수 있는 항구들은 없었고, 어떤 종류의 피난처도 없었으며, 오직 곶들, 낮게 놓인 바위들, 그리고 산꼭대기들만 있었다.

이제 오디세우스의 심장은 그를 실패하기 시작했고, 그는 절망적으로 스스로에게 말했다. "아아! 제우스가 내가 모든 희망을 포기할 만큼 멀리 헤엄친 후에 나에게 육지를 보게 했지만, 나는 착륙할 장소를 찾을 수 없다. 왜냐하면 해안은 바위투성이고 파도에 맞서고 있고, 바위들은 매끄럽고 바다로부터 곧게 솟아 있고, 그들 가까이에는 깊은 물이 있어서 발을 디딜 곳이 없어 기어 올라갈 수 없다. 나는 어떤 거대한 파도가 내 다리를 들고 내가 물을 떠날 때 나를 바위들에 내던질까 두렵다. 그것은 내게 슬픈 착륙을 줄 것이다. 반면에, 만약 내가 어떤 경사진 해변이나 항구를 찾기 위해 더 멀리 헤엄친다면, 허리케인이 나를 내 의지에 반하여 다시 바다로 데려갈 수도 있고, 혹은 하늘이 나를 공격할 어떤 바다의 거대한 괴물을 보낼 수도 있다. 암피트리테(Amphitrite)가 그런 것들을 많이 낳고, 나는 포세이돈이 나에게 매우 화가 났다는 것을 알기 때문이다."

그가 이렇게 두 마음을 가지고 있는 동안, 파도가 그를 잡았고, 그를 바위들에 맞서 그런 힘으로 데려갔으니, 아테나가 그에게 무엇을 해야 할지 보여주지 않았더라면 그는 부서지고 산산조각 났을 것이다. 그는 그의 두 손으로 바위를 붙잡았고, 파도가 물러날 때까지 고통으로 신음하며 그것에 매달렸다. 그래서 찰나의 위험한 고비를 넘길 수 있었다. 그러나 파도가 다시 오고, 그를 그것과 함께 멀리 바다 속으로 다시 날랐다. 어떤 사람이 그것의 침대에서 문어 하나를 뽑아낼 때 흡입기들이 찢어지는 것처럼 그의 손들을 찢었다. 그리고 돌들이 그것과 함께 올라온다. 그렇게 바위들이 그의 강한 피부를 찢었고, 그런 다음 파도는 그를 물 아래 깊이 끌어내렸다.

 여기서 불쌍한 오디세우스는 자신의 운명에도

불구하고 확실히 죽었을 것이다. 만약 아테나가 그의 정신을 잘 잡도록 돕지 않았더라면 말이다. 그는 다시 바다를 향해, 육지를 때리는 파도 거품의 손이 닿지 않는 곳으로 헤엄쳤고, 동시에 그는 어떤 피난처나 파도들을 비스듬히 받을 어떤 모래톱을 찾을 수 있는지 보기 위해 해변을 계속 바라보았다. 이윽고 그가 계속 헤엄치는 동안, 그는 강 입구에 이르렀고, 여기가 그에게 가장 좋은 장소라고 생각했다. 왜냐하면 어떤 바위들도 없었고, 그것이 바람으로부터 피난처를 제공했기 때문이다. 그는 거기에 흐름이 있다는 것을 느꼈고, 그래서 그는 속으로 기도하며 말했다.

"제 말을 들으십시오, 오 왕이시여! 당신이 누구든 간에, 그리고 저를 바다 신 포세이돈의 분노로부터 구원해 주십시오. 왜냐하면 제가 간청하며 당신에게 접근하기 때문입니다. 그의 길을 잃은 어떤 사람도 항상 신들 위에서조차도 주장을 가지므로, 저의 고통 속에서 저는 당신의 흐름에 가까이 다가가고, 당신의 강신의 무릎들에 달라붙습니다. 저에게 자비를 베풀어주십시오, 오 왕이여! 왜냐하면 저는 저 자신을 당신의 간청자로 선언하기 때문입니다."

그런 다음 그 신은 그의 흐름을 멈추고, 파도들을 가라앉게 했고, 그의 앞에 모든 것을 고요하게 만들었고, 그를 강 입구로 안전하게 데려왔다. 여기서 마침내 오디세우스의 무릎들과 강한 손들에 큰 부상을 입었는데, 왜냐하면 바다가 그를 완전히 부쉈기 때문이다. 그의 몸은 모두 부풀어 올랐고, 그의 입과 콧구멍들은 바닷물로 강처럼 아래로 흘렀다. 그래서 그는 숨을 쉬거나 말할 수 없었고, 순전한 기진맥진함으로 기절한 채 누워 있었다. 그가 숨을 쉬고 다시 제정신이 들었을 때, 그는 이노가 그에게 주었던 스카프를 벗고, 그것을 강의 흐름 속으로 다시 던져버렸고, 그 결과 이노는 그것을 날랐던 파도로부터 그것을 그녀의 손에 받았다. 그런 다음 그는 강을 떠나 갈대들 사이에 스스로를 눕히고, 너그러운 땅에 입 맞추었다.

"아아," 그는 그의 당혹감 속에서 스스로에게 외쳤다. "내가 어떻게 될 것인가? 그리고 모든 것이 어떻게 끝날 것인가? 만약 내가 밤의 긴 보초들을 통해 여기 강바닥에 머문다면, 나는 너무나 기진맥진해서 쓰라린 추위와 습기가 나를 끝장낼 수도 있다. 해 뜰 무렵에는 강에서 오는 날카로운 바람이 불 것이기 때문이다. 반면에 만약 내가 언덕을 기어 올라가 숲 속에서 피난처를 찾고 어떤 덤불 속에서 잠을 잔다면, 나는 추위를 피하고 좋은 밤의 휴식을 가질 수 있을 것이다. 그러나 어떤 야만적인 짐승이 나를 이용하고 나를 잡아먹을 수도 있다."

결국 그는 숲으로 가는 것이 가장 좋다고 생각했고, 그는 물에서 그리 멀지 않은 어떤 높은 땅 위에서 숲 하나를 발견했다. 거기서 그는 하나의 몸통에서 자란 두 개의 올리브 싹 아래로 기어 들어갔다. 하나는 접목되지 않은 빨판이었고, 다른 하나는 접목된 것이었다. 아무리 돌풍이 몰아치더라도 어떤 바람도 그들이 제공하는 덮개를 뚫을 수 없었고, 태양의 광선도 그것들을 꿰뚫을 수 없었으며, 비도 그들을 통해 들어갈 수 없었다. 그들이 그토록 가깝게 서로에게 자랐기 때문이다. 오디세우스는 이것들 아래로 기어

들어가서 그가 누울 침대를 만들기 시작했다. 거기에는 죽은 잎사귀들의 큰 더미가 놓여 있었기 때문이다. 심지어 혹독한 겨울 날씨에도 두세 명의 사람들을 위한 덮개를 만들기에 충분했다. 그는 이것을 보고 충분히 기뻐했고, 그래서 그는 스스로를 눕히고 그의 주위로 모든 잎사귀들을 쌓았다. 그런 다음 이웃으로부터 멀리 떨어져 시골에서 홀로 사는 사람이 다른 곳에서 불을 얻어야 하는 것을 스스로 피하기 위해 재 속에 불씨를 숨기듯이, 그렇게 오디세우스는 스스로를 잎사귀들로 덮었다. 그리고 아테나가 그의 눈들 위에 달콤한 잠을 뿌려, 그의 눈꺼풀들을 감고 그가 그의 모든 슬픔들의 기억들을 잃게 만들었다.

〈II권〉에 계속

004 · 1/4
fly over an apartment with silver wings

오디세이아 I

2025년 10월 25일   초판 발행

저 자	호메로스
편역자	제미나이 · S
발행인	송광헌
기획자	송재준
펴낸곳	**복두(더)**

출판등록 | 1993년 11월 22일 제10-902호
주소 | 서울 영등포구 경인로82길 3-4 807호
전화번호 | 02-2164-2580 팩스 | 02-2164-2584
이메일 | info@@bogdoo.co.kr
홈페이지 | www.bogdoo.co.kr

ISBN 979-11-6675-667-2 (04890)
ISBN 979-11-6675-666-5 (04890) (세트)

값 6,000원

- 이 책은 저작권법에 따라 보호를 받는 저작물이므로 무단 전재와 복제를 금합니다.
- 이 책 내용의 전부 또는 일부를 이용하려면 반드시 지은이와 복두출판사의 동의를 받아야 합니다.